Aurora Venturini

Wir, die Familie Caserta

Aurora Venturini

Wir, die Familie Caserta

Roman

Aus dem Spanischen von
Johanna Schwering

dtv

Die Übersetzerin dankt dem Deutschen Übersetzerfonds
für die Förderung ihrer Arbeit an diesem Text und
Benjamin Loy, Léonce W. Lupette und María Ignacia Schulz
für ihre kundige kollegiale Hilfe.

FSC
www.fsc.org
MIX
Papier | Fördert
gute Waldnutzung
FSC® C083411

Die spanische Originalausgabe erschien 2021 unter dem Titel
›Nosotros, los Caserta‹ bei Tusquets Editores in Barcelona.

Gesetzt aus der Minion
Satz: Greiner & Reichel, Köln
Druck und Bindung: CPI books GmbH, Leck
Printed in Germany · ISBN 978-3-423-28360-1

Meinen Cousins
Caserta und Tomasi di Lampedusa

Ora che tu hai ucciso
il mio amore,
si è oscurato il mare,
mentre il mio cuore
è pieno di dolore.

¡Amore!

FUOCO DI PAGLIA

… und mich dünkt beinahe, als wäre, was ich hier geschrieben habe und was du nun liesest, mein unbekannter Leser, nichts anderes als ein Flickwerk, ein großes Figurengedicht, ein immenses Akrostichon, das lediglich wiederholt, was jene Fragmente mir eingegeben, und ich weiß nicht einmal mehr, ob ich es war, der hier gesprochen hat, oder ob nicht vielmehr sie durch meinen Mund gesprochen haben.

UMBERTO ECO

Pictoribus atque poetis
Quidlibet audendi semper fuit
aequa potestas.

Malern und Dichtern war es stets erlaubt
zu wagen, was immer beliebt.

HORAZ

Das Foto

Im Wartesaal eines Krankenhauses in La Plata sah ich den Kopf von Luis wieder, wie ein gekapptes Kapitell unheilvollerweise auf die Schultern seiner zweiten Frau katapultiert. Jetzt weiß ich, dass ich ihn für immer verloren habe und begreife auf ewig, dass ich seine Berührung niemals mehr spüren werde, so süß und so mein zu jener Zeit, denn seine zweite Ehe muss eine glückliche Vereinigung gewesen sein und deshalb konnte die Gattin seinen Kopf vor dem Tod retten, das Antlitz des einzigen menschlichen Wesens, das ich geliebt habe wie eine normale Geliebte. Denn auch meine Großtante habe ich leidenschaftlich geliebt.

Während langer Winternächte wärmte ich mich selbst in Eigenumarmung. Ich sehnte mich nach der romantischen Wiederbegegnung in der lilablauen Dämmerung, Färbung der treuen Toten. Jetzt weiß ich, dass er nur sie erwartet; vielleicht, damit sie ihm den Kopf zurückgibt. Meine Mutter war der Meinung, dass sehr vertraute und harmonische Ehepartner im Alter aussehen wie Geschwister. Auf sie selbst traf das nicht zu, sie hatte eher Ähnlichkeit mit Señor Roux. Aber das ist eine andere Geschichte.

Obwohl mich nichts und niemand mehr zerreißen, brechen oder verstümmeln kann, weil mir das alles bereits widerfahren ist, empfinde ich angesichts der Witwe von Luis ein schreckliches Schauergefühl. Und die Bedrohung einer kompletten, furchterregenden und endgültigen Entwurzelung haut mich derart um, dass ich Sturzbachtränen in den Styx ergieße, nachdem ich die sieben wohlbekannten Runden um die Hölle gedreht habe, um schließlich auf dem Dachboden des Jenseits zu landen. Und ich beneide diese Frau. Ich beneide ihr Witwentum. Was gäbe ich nicht darum, die Witwe von Luis zu sein, ich, die ich im Leben nichts von niemandem war.

Schläge und Stöße haben mich zum Abklatsch meiner Großtante gemacht, und vielleicht wartet die kleine Zwergin ja an der Pforte des unergründlichen Arkanums auf mich, damit wir zusammen durchgehen. Hinkend schleppe ich mich auf meinen Dachboden. Das ekelerregende Viech, in das ich mich verwandelt habe, durchwühlt eine Truhe voller alter Papiere und Fotos, voller Gutachten von Lehrerinnen und Psychologinnen, die mein Vater beauftragt hat, um herauszufinden, warum er ein solches Monstrum gezeugt hat, und in der Folge beurteilen zu können, ob es seine Schuld war oder ein krankhaftes Erbe der mütterlichen Linie.

Ich kann in die Truhe steigen, ja, mich sogar darin verlieren, zusammen mit meiner zwergisch-proustschen Greisenseele, das ist alles, was ich am Ende erreicht habe.

Es mag überflüssig sein, aber ich wiederhole, dass ich eine Frau bin, die in einer Truhe voller Briefe, Fotos, Gutachten, Karten und vergilbter Papiere steht. Ins Auge springt ein Mädchen in Glasbatist: das Foto von mir als Vierjährige. Ebenso ins Auge springt Dürers »Allegorie der Melancholie«. Sie befand sich in einem Rahmen, aus dem ich sie befreit habe, um sie in der Truhe zu verstauen.

Später werde ich das Mädchen in Glasbatist beschreiben, aber zuerst beschreibe ich das Abbild meines Gemüts, denn ich bin »Die Allegorie der Melancholie« von Albrecht Dürer, und mein Reich ist wie die Kulisse jener Figur.

Auf meinem Dachboden auf der Quinta umgeben mich sämtliche Gegenstände des Exils, und während ich meinen glühenden, sumpffiebrigen Kopf in der linken abstütze, halte ich in der rechten Hand einen Kompass unnützer Hoffnung. Hier ist die Leiter, die nirgends hinführt, da der niedergeschlagene kleine Amor auf dem rostigen Rad, kaputt ist die Glocke, die Uhr verstummt, die Waage aus dem Gleichgewicht, der Hund hungerleidend. Es fehlen bloß die Zeichen, die Dürer dem Bild hinzugefügt hat und die Hoffnung ausdrücken, der Stern im Hintergrund und dieses Siegel aus sechzehn Nummern, die in jede Richtung addiert vierunddreißig ergeben und so eine glückliche Lösung für jedes Problem versprechen.

Jetzt zum Kind.

Es hält ein Weidenkörbchen mit papiernen Rosen in der Hand. Dieses Mädchen ist mein verstorbenes Ich, der Kobold der hässlichen Hemisphäre meines zukünftigen Leids, der die Hand, sogar das ganze Ärmchen in den Truhen des Herbstes und der widrigen Winterzeit versenkt.

Meine Zeit in der Hölle hatte vier Jahre vor diesem Foto begonnen: am Tag meiner Geburt. Kindliche Zeugin, Raupe in ihrem Kokon, die sich entrollt und wieder verpuppt, damit der Irrwisch pulsieren und schlüpfen, sich mal freundlich, mal drängend, immer aber kühn zeigen kann.

Ich betrachte das Foto und sehe meine Mutter am Tag, als sie es aufnehmen ließ.

Es war ein heißer Sommerabend und es regnete. Ein ungnädiger Himmel hüllte die Stadt in Blechgrau, Zinkfarbe, Ascheton. Wir schwitzten beide, unsere Stirnen waren bedeckt von lästigen Schweißperlen, als wir auf der mit grünem Leder bespannten Bank des Wagens Platz nahmen, der von einem dunklen Pferd gezogen wurde. Ich schaue die Schühchen an, auf dem Foto, rot mit Schlaufenverschluss. Sie waren nass geworden, ich wollte sie mit meinem guten Taschentuch abwischen und Mama gab mir einen Klaps. Ich sehe das goldene Kettchen mit der Lagenstein-Kamee, das sich am Silberfadentäschchen verhakt hat. Ich zog daran und Mama schlug mich wieder.

Ich spüre die Glätte des grünen Leders der Bank, das Klack-klack der Hufe auf dem Pflaster, die dicken Regentropfen, die durch einen Riss im Verdeck dringen, meinen glühenden Wunsch, mit ihr zu sprechen, die sich kerzengerade wie eine Karyatide des Erechtheion hielt, das durch die Tropfen provozierte Niesen schwebt weiter über meinem Kopf, unmöglich, ihm auszuweichen, denn meine Mutter verbot mir, mich zu rühren. Hier kommt der Nieser. »Deibelkopf … du wirst dich wieder erkälten.«

Das klassische Profil meiner Mutter, geprägt von der Perfektion ihrer Stirn und ihres Kinns, wurde durch ein gewaltiges nasales Grummeln entstellt; sie war etwa fünfundzwanzig Jahre alt, aber ich fragte mich, wie sie in ihrer Jugend gewesen sein mochte.

Eigentlich war sie nur ein einziges Mal im Leben jung, und ich ließ diese Jugend schlagartig verdörren. Wenn sie die Stirn runzelte, durchfurchten die Falten die Ebene, das waren die Schienen, auf denen der Zug der Sorgen fuhr, die ich ihr bereitete, der Grund für die Runzeln, die Stunde um Stunde ihre Schönheit beleidigten, bis sie schwand wie ein vom Pampawind gepeitschter Kleefalter.

Sie vergötterte Lula, ihre jüngere Tochter. Die pummelige Blonde, das niedliche Mädchen, das sie ein Leben lang beschützte und das ich misshandelte, wann immer ich konnte. Und meine Mutter sang für ihr Püppchen aus zartestem Gewebe, María Salomé, Lulita; sogar diese Namen wurden mir geraubt und wie einen lachhaften Schlapphut bekam ich stattdessen María Micaela übergestülpt, was in meiner Kinderzeit bitter schmeckte. Als Erstgeborene hätte ich die Namen meiner Mutter tragen sollen, die sie lieber aufbewahrte, um sie der Zweitgeborenen zu schenken. Zu allem Übel war ich nicht einmal hübsch.

Ich bin rebellisch und Mama schlägt mich, aber ich schlage härter zurück, ohne auch nur einen Finger zu erheben. Der Liebling im behütenden Arm und ich erfinde immerzu Krankheiten, um in einem Tableau Platz zu finden, aus dem ich längst verdrängt wurde.

Also simulierte ich; oder war es vielleicht in lügnerischen Klagen ausgedrückter Seelenschmerz: »Ich habe Kopfschmerzen« oder »Meine Füße sind kalt«.

Doch alles erfolglos; meine seherische Hexenmutter deckte den Schwindel auf, und ein hässliches und nervöses Gelächter durchschüttelte meinen Körper, wie es mich noch immer in schwierigen Situationen ergreift, als lachte ich aus der Kehle von zehn Frauen.

Zurück zu dem Foto, zu jener Kutschfahrt. Wir steigen

aus und beim Fotografen werde ich neben einem Tisch drapiert, auf dem der Korb steht. »Tu so, als würdest du eine Blume rausnehmen«, sagt der Mann und seufzt: »Bitte lächeln.« Vergeblich. Mein Arm hängt meinen Körper herab wie ein Trauerweidenzweig und zu lächeln ist mir unmöglich. Tragödienmaskerade, Regenwetterschnute. In den Augen meiner Mutter liegt ein grausiger Glanz, als sie verkündet, dass das Foto ein Fiasko wird.

Der Fotograf, sehr freundlich, richtet eine Falte an meinem Kleid und sagt: »Schau her, Kind, jetzt kommt das Vögelchen.« Ich versuche, mich zu beherrschen, aber schon entschwappt mir das Gelächter; die Szene scheint mir allzu albern.

Meine Mutter droht: »Wenn wir nach Hause kommen, erzähle ich alles deinem Vater.« Und zum Fotografen sagt sie resigniert: »Tun Sie, was immer möglich ist mit diesem Deibelkopf.«

Mama weiß, dass sie mich niemals wird beherrschen können, sie weiß ohne ein Wort, dass ich den Akt der Fotografie lachhaft finde, dass ich meinem jungen Alter zum Trotz schon lesen und schreiben kann, dass ich auf der Straße Schilder und Nummern lese, seit ich drei Jahre alt bin, ohne dabei auf Lehrer angewiesen zu sein; dass ich sie, die Erwachsenen, nach Belieben bewerte, belächle und verabscheue. Sie weiß, dass ich den Kindern meines Alters weit überlegen bin, dass sie ihr Unheil und das ihrer Lieblingstochter gezeugt hat. Sie fürchtet mich und ich weiß es.

Es hatte aufgehört zu regnen, als wir den dunklen Raum verließen. Das warme Gold der Sonne überflutete die disziplinierten Blumen der Plaza San Martín, die Linden, die Magnolien.

Dieselbe Sonne vergoldet die Seide von Mutters Kleid, das hellbraungepunktet und unten plissiert ist. Dunkelbraun sind ihre hochhackigen Stiefel und hoch ragt auch ihr italienischer Hut in die Luft, der ihren matten Hautton einer vornehmen Criolla nicht verdunkelt. Sie trägt eine elegante weiche Handtasche, so weich wie Lulas Haut. Das Hässliche, das einzig Hässliche ist das, was sie mit sich schleift; Chela, María Micaela Stradolini, ihre dürre, dunkelhäutige Erstgeborene mit den Glubschaugen.

In den Süßwarengeschäften schleckten die freien Kinder Eiscreme in Hörnchen mit Schokolade und roten und rosa Früchten. Niemand beaufsichtigte sie, wie freigeistige Zwerge klebten sie an den Theken, während ich an der mütterlichen Hand hing wie eine wütende Marionette. Ich hätte meine Seele gegeben für ein in Freiheit geschlecktes Eis, aber sie betrat die Konfiserie La Perla für ihren Tee mit Gebäck. Ich hasse Tee mit Gebäck.

Vom Gehweg höre ich das glückliche Geschnatter der Emanzipierten wie Gezwitscher. Meine Fantasie verfing sich in den bunten Waffeln und der Kellner servierte das Georderte auf die Tischdecke, auf der ich den Namen der Konfiserie entzifferte.

Danach las ich die Etiketten der Gläser, der Fächer, die Marken der Süßwaren. Meine Mutter brodelte vor Zorn.

Die Teekanne und das Metallkännchen dampften, das Gebäck auf dem Tellerchen verzuckerte und verklebte die Stimmung.

Ich stellte mich dumm und zeigte meinen Unmut über

die Lokalwahl, indem ich weiter Etiketten las. Sie hingegen las meine Gedanken: »Eiscreme ist nicht gut bei Bronchitis.«

Meine Bronchien glichen stotternden Motoren, aber was für ein Übel konnte schon ein Eis einem chronischen Leiden beifügen. Mama gab mir ein Teilchen auf den Teller. »Na komm, iss etwas.«

Sie schlürfte die englische Köstlichkeit, die mir immer schnöde erschien.

Im festen Wasser des Brillants an ihrem Ringfinger navigierten meine Augen als einsame Möwe auf einem geizigen und feindseligen Meer, schwarze Wasser auf hoher See, die Gagatperlen ihrer zweireihigen Kette, ihrer goldenen Ohrringe.

Mutter, warum hast du mich nicht ein wenig geliebt?

Sie zeigte auf meine Tasse: »Dein Tee wird kalt.«

Besiegt von meiner Sturheit hatte die Rauchsäule es aufgegeben, weiter aus der Höhlung des Geschirrs aufzusteigen. Ich gurgelte zwei Mal wie bei der Zahnhygiene und schluckte die widerliche Flüssigkeit. Sie aß die kleinen Puddingteilchen und die knusprigen, kringeligen Schweineöhrchen und Zuckermusik karamellisierte die Luft, Schellen meiner Kindheit, *La Violetera*, Erinnerung an Charlie Chaplin, und die schüchternen Blumen kletterten auf Beinchen zwischen blau und fuchsiafarben einem Fin de Siècle-Plafond entgegen, grazile Säulen, unschuldiger Barock, Naivität runder Kapitelle und honigsüßer Rosengarten.

1925 schien La Plata, Hauptstadt der Provinz Buenos Aires, noch paradiesisch. Wir waren aus unserem ländlichen Umland nur angereist, um das Foto schießen zu lassen und an Tante Angelina in Italien zu schicken, eine Verwandte meines Vaters. Es waren schöne Zeiten trotz der Bitterkeit, die mir die Menschen zu Hause bescherten.

Unter dem Tisch tanzten meine Beine, tollpatschig wie die von Chaplin, einen linkischen Tanz, der die Leute zum Lachen gebracht hätte, wenn er aufgeführt worden wäre, so wie die, die der arme Chaplin aufführte mit seinen tragischen Latschen, die ihm halfen, das Weite zu suchen, nachdem er sich vor versammelter Mannschaft lächerlich gemacht hatte.

Ich litt im Kinematographen, wenn ich seine Filme sah. Ich war ein chaplineskes Kind, plump und komisch. Mit vier Jahren erkor ich den Schauspieler zu meinem Seelenverwandten.

Bis heute schmerzen mich die mimischen Dialoge, die allein durch klimpernde Wimpern und erhobene Augenbrauen ausgedrückten Gefühle und Liebeleien; die Pein des Schnurrbärtchens, das wie ein Bonbon auf der Oberlippe klebt, die Aristokratie des Buffo, der besser als Hamlet die Abgezehrtheit des Schädels präsentiert. Die Familie kommentierte meine nanduhaft langen Glieder, meine großen Füße, die mir so schwer wogen wie Chaplin vermutlich seine Schuhe.

Mama – innerlich rasend – tat weiter unbeirrt und beobachtete meine Appetitlosigkeit und meine Nagelkausucht. »Du Ferkel … Das magst du, was? … Ich werd dir Kacke auf die Nägel schmieren, damit sie noch besser schmecken.« Sie konnte sich verstellen. Ein paar Männer machten ihr Komplimente: »Was für ein Püppchen.« Sie errötete nur leicht. Die Männer mögen gedacht haben, dass das »Püppchen« mir sagte: »Iss, mein Kind, die Puddingteilchen sind vorzüglich.«

Und dann zog sie ihre Handschuhe an. Hände einer verhinderten Konzertpianistin, weil sie vor ihrer jüngeren Schwester geheiratet hatte; immer wollte sie gewinnen. Immer hat sie verloren.

»Du wirst schon sehen, sobald wir zu Hause sind, erzähle ich deinem Vater, was für Scherereien du mir den ganzen Nachmittag gemacht hast.«

Was für Scherereien?

Der Lachreiz im Fotostudio, wo ich steif wie ein Brett gestanden und das Versprechen vom berühmten Vögelchen albern gefunden hatte, dann lesen und wiederlesen von geschriebenen Dingen, die dafür doch da waren, wofür sonst.

Mama würde bald dick werden. Ihre Schwangerschaft würde in pellengleich enganliegenden Kleidern enden, in röhrenhaften, plissierten Röcken, in einem Aufbäumen auf Louis-XV-Absätzen.

Ich wusste schon, wo die Babys herkamen, und alles andere konnte ich mir, wenn auch nicht besonders detailreich, herleiten. Meine Mutter dachte, dass sie ein Ungeheuer an ihrer Seite hatte.

»Chela ist die Pest«, darin sind sich meine beiden Großmütter ausnahmsweise einmal einig.

Sie diskutieren:

»Lula ist schön wie ihre Mutter.«

»Nein, sie kommt nach den Stradolini.«

Sie streiten sich, die beiden Alten, um eine normale Schönheit, ein liebliches und niedliches Baby.

Meine Spitznamen sind: Vogelstrauß und Pinocchio.

Ich schreie sie an: »Ihr alten Hexen!«

Ich wünsche mir, dass mein zukünftiger Bruder potthässlich ist. Vielleicht wird es auch eine Schwester. Nein. Ich weiß, dass es ein potthässlicher Junge ist.

»Lula macht gar keine Arbeit, sie isst wie ein Fräulein.«

Über mich sagen sie nichts und das ist schlimmer, als wenn sie mich rotzfrech, schwierig oder ekelerregend schimpfen würden.

Sie verzichten auf jeglichen Kommentar und ihre Gleichgültigkeit schmerzt mich, als wäre ich nicht geboren worden. Zurück auf die Quinta, zwei Stunden Kutschfahrt und die Angst: »Ich erzähle alles deinem Vater.«

Lula habe ich Ameisen in die Windeln geschoben, Mama hat eine Unaufmerksamkeit des Kindermädchens für die Invasion verantwortlich gemacht. Ich habe ihr hässliche Tierchen auf das Moskitonetz aus Tüll gesetzt: Reptilien, Nilpferde, Herden vorsintflutlicher Wesen, ausgeschnitten aus den glänzenden bunten Illustrierten-Seiten der *Caras y Caretas*. Sie weint, wenn ich sie kneife, oder verschmerzt den Wespenstich und stellt sich schlafend. Ich hasse sie. Ich bin zwei Jahre älter als meine Schwester und schaffe mir bockbeinig eine weitere Feindin.

Obwohl der Abend warm ist, ist mir kalt. Das ist diese Kälte, die ich ein einziges Mal in meinem Leben überwinden konnte. Ich spüre ein Stechen in der Brust. Das ist dieser Schmerz, den ich ebenfalls ein einziges Mal in meinem Leben überwinden konnte. Das Eisentor quietscht und wir nähern uns dem Reich der Bitterkeit.

Mein Vater liest in seinem Büro und raucht seine dünne Pfeife, wie immer. Seine Parteifreunde haben ihn gerade mit einem Posten ausgezeichnet. Vielleicht hat er gute Laune, sage ich mir. Mama küsst ihn im Vorübergehen. Und die dumme Lula: »Mami … Mami …«

»Chela hat mir nichts als Scherereien gemacht.«

»Auf dein Zimmer ohne Essen.«

Er schimpft nicht mal mit mir. Ich werfe mich aufs Bett und weine, wegen meinem Vater habe ich viel geweint. Wegen ihr nie. Ich tränke das Kissen mit Tränen der Wut, ich will sterben.

Vormittags dachte ich mir Aufgaben aus, ließ mich von den Dingen zu Träumen verleiten, erschuf Charaktere, war Protagonistin von tausend Heldentaten. Meine Psyche und mein Soma, diese beiden in Harmonie verwobenen Wesen, stromerten durch idyllische Landschaften, ein wenig wahr, ein wenig erdacht. Hausarbeit gefiel mir nicht. Aber, doch, was für eine Freude, das gute Geschirr und den Tand aus Mamas Vitrine zu putzen. Ich gab eine große Menge Seife in eine große Schüssel, einen richtigen Eisberg aus Schaum, und säuberte mit einem Tuch filigran gefertigte Teile, wahre Kunstwerke aus Keramik, Muranoglas, Porzellan aus Österreich, Deutschland, Frankreich. Meine Mutter liebte diese Erinnerungsstücke. Sie klammerte sich an die toten Universen des Kunsthandwerks, um ihrer häuslichen Realität der gescheiterten Pianistin zu entkommen. Ich säuberte die englischen Steingüter, die orientalischen Bonzen, die regenbogenfarbenen venezianischen Figuren, so geheimnisvoll mit ihren eingearbeiteten Goldpünktchen, die Gondeln vom Lido an der Adria. Und in der großen schaumigen Schüssel wuchsen die Landschaften unter meinem Schrubbkommando bis zum Rand.

»Vorsicht, das sind Erinnerungen … Ich begreife nicht, warum du das machst«, seufzt meine Mutter.

Ich fuhr weiter mit dem Tuch über die Schnitzereien, die Kerben, die winzigen Signaturen und die längst vergangenen Daten, die diese oder jene Herkunft belegten. Und nachdem ich sie gründlich eingeseift hatte, polierte ich Gläser, Krüge, Urnen, neapolitanische Weinkaraffen, deren schillerndes Blut auch nach dem Entleeren noch lebendig zirkulierte wie der Schein eines Glühwürmchens. Während ich dieser selbstgewählten Arbeit nachging, träumte ich von Europa und Asien und holte diese Kontinente in die ländliche Atmosphäre der Quinta. Meine intellektuellen Fähigkeiten ließen mich bereits Kunstgeschichte lesen, Europa war schon mein Ziel. Die Wächterin flehte: »Vorsicht … das sind Erinnerungen.«

Ich stieß mit Absicht etwas an oder stellte ein Glas mit bedachter Nachlässigkeit so ins Regal, dass es klingelte vor Wackelei und kurz vor dem Zerschellen fing ich es in der Luft wieder auf. Meine Mutter litt.

Camelia Obieta, etwas mehr als eine Freundin meines Vaters, schrie: »Wie kannst du den Rotzlöffel mit den Vitrinensachen hantieren lassen?«

Während der Arbeit dachte ich mir Theaterstücke aus, eins hieß »Verlogenheit« und die Hauptfigur war Camelia Obieta. Ich begriff nicht, wie Mama das tolerieren konnte, obwohl sie doch Bescheid wusste. Ich fand: Mama ist genauso schamlos wie die beiden, und manchmal sagte ich mir, um mich zu beruhigen, dass vielleicht nur ich es gemerkt hatte. Mit dem Thema »Camelia« im Kopf wusch ich den Deckel der Suppenschüssel, auf dem eine wunderschöne Landschaft den Golf von Neapel zeigte. Da war Capri mit seinen lichten Bäumen, der herrliche Himmel über dem Meer, Santa Lucia und die Madonna della Rocca. Plötzlich brach der Vesuv aus. Ich sah dicke Rauchwolken, brennend dahinfließende Lavamassen und haarsträubende Risse in der Kruste der Erde: Der Deckel flog und zerbrach in tausend Stücke.

Von einem fernen Ufer hörte ich die Gorgonen: »Warte, bis dein Vater nach Hause kommt.«

Ich erstarrte. Schutzlos war ich wie der Held ohne Schwert und Schild, von meinen Fersen lösten sich zwei Flügel wie tote Blätter. Ganz allein stand ich vor der Tür eines Waisenheims, aber ich weinte nicht. Ich fügte die jahrhundertealten Fragmente zusammen, ich glaube, ich küsste sie. Ich spürte, dass auch meine Brust sich in Stücke auflöste und ich hustete, meine Bronchien waren wie zwei Motoren.

Da ich gelesen hatte, wie man ein würdiger Gast der Götter wird, setzte ich mich an den Tisch und lauschte den Stunden beim Öffnen der Türen der Angst; halb eins; eins; halb zwei; und so weiter bis vier Uhr, wenn mein Vater eintreffen würde.

Ich legte mich auf die Wurzel einer Weide. Aß nichts. Von meinem Platz aus hörte ich Mama und Camelia und ihr dummes Geplapper. Ich hatte die schamlose Hoffnung, dass Papa mich beim Anblick der schlimmen Frau vergessen würde. Im Esszimmer aß Lulita zu Mittag. Ich luscherte und sah einen einzelnen Teller auf der rosafarbenen Tischdecke und das Silberbesteck aus Mamas Kindheit, Lula benutzte alles wie eine kleine Dame.

Ich konnte in meiner Kindheit nicht mit Messer und Gabel essen, ich aß mit den Händen, um schneller fertig zu sein, endlich fertig zu sein und etwas anderes machen zu können. »Chela ist ein Tier«, sagten die Leute und beleidigten mich damit nicht. Ich mochte Tiere, das beleidigte mich nicht. Mein Vater sagte: »Sie mag sehr intelligent sein, sogar hochbegabt, aber sie isst wie ein Ferkel.«

Jetzt kaute ich Grashalme, weil ich Durst hatte. Mein Bauch juckte und ich hob mein Hemd; da entdeckte ich rote Flecken, als hätten sich auf meinem Bauch die Wespen ausgetobt. Ich begriff, dass ich krank war und eine wilde Freude ergriff Besitz von mir. Endlich würde meine Existenz bemerkt werden, endlich wäre allen klar, dass ich menschlich genug war, um genauso krank zu werden wie die anderen Kinder. Das hohe Fieber trocknete mir die Kehle aus und trieb mir Tränen in die Augen. Beim Einschlafen bat ich die Götter um schwarze Pocken.

Mein Vater rief mich.

Ich wachte auf und ging ins Arbeitszimmer. Mein Vater rauchte und las nicht; er drehte nicht einmal seinen Stuhl zu mir: »Du hast Schaden angerichtet, Fräulein, du hast ein Sammlerstück zerbrochen, das meine Mutter, deine Großmutter, deiner Mutter geschenkt hat, als wir geheiratet haben, du hast ein Verbrechen an der Schönheit begangen.«

Als Antwort stieß ich den Piep eines pestkranken Vögleins aus.

»Sei still, du bist ein böses kleines Teufelchen, als wärst du weder meine Tochter noch die deiner Mutter.«

Piepsen ist nicht sprechen.

Meine Mutter und Camelia kamen und bemerkten meine Röte.

»Was ist mit dem Mädchen, warum ist sie so rot?«

»Das darf doch nicht wahr sein, ich bin im dritten Monat, wenn das die Röteln sind, dann hilf Gott mir und meinem Kind …«

»Vielleicht sind es auch die Masern?«

»Die hatte sie schon.«

»Windpocken?«

»Röteln!«

»Vielleicht steckst du dich nicht an.«

»Ich müsste das Kind verlieren.«

Ich war nackig wie eine Zelluloidpuppe und sie prüften meine kindliche Blöße. Ich dachte, sie seien verrückt geworden; ich war doch die Kranke, was sorgten sie sich um das zukünftige Kind?

Sie verbannten mich auf den Dachboden, zusammen mit Sara, dort verbrachte ich all meine Seuchen. Ich schlug Wurzeln auf diesem Dachboden, und zwar für immer. Durch das schmale Fenster sah ich den Morgenschimmer in der Farbe der Pfirsichmarmelade, die für Kranke empfohlen wird. Pfirsichkompott drinnen wie draußen, und dazu der ständige Drang, mich zu übergeben. Sara bringt mir einen Nachttopf und sagt: »Spuck hier rein.« Sara ist schwarz wie ein Gummireifen, durch Mimikry verliert sie sich in den Schatten des Raumes und ich bleibe allein in meiner Misere.

Sara und Mumps; Sara und die Masern; Sara und Scharlach; Sara und die Windpocken, und jetzt diese brennenden und brodelnden Flecken.

Sara und die Alpträume, die den Fußboden in ein zerbrechliches Schiffchen für Erdbeereis verwandeln, oder Platz machen für die verhüllten Schreckgespenster, die kreuz und quer über den Dachboden laufen und auf meinem Bett zusammenbrechen, riesenköpfige Zwerge mit spitzen Zähnen und Augen wie hartgekochte Eier.

Ich schreie.

»Hab keine Angst, das ist nur das Fieber.«

Der Doktor kommt: »Zeig mal deine Zunge, Kindchen …«

Das Kosewort bewegt mich. Ich fange an zu weinen. Aber der Arzt merkt es nicht, weil meine Krankheit auch Tränen verursacht. Aber ich weiß, dass ich weine, weil mir solche Zärtlichkeit neu ist.

»Ein Eis, Herr Doktor, ein Erdbeereis …«

»Holen Sie ihr ein großes Eis, Sara, das wird ihr guttun.«

Sara fragt nach meiner Mutter.

»María Salomé macht mir Sorgen, diese Krankheit ist gar nicht gut im dritten Schwangerschaftsmonat.«

»Die arme Señora.«

»Ich habe einen Abbruch empfohlen, das wäre das Beste. Aber jetzt ist der Pfarrer da und die Kirche hält bekanntlich nichts von Abtreibungen.«

Vom Bett aus zog ich meine Schlüsse.

Dann wurde ich gesund. Wie ein Sumpftier verließ ich mein Lager und zog ins Land.

Sara begann mir wegen Mama zu grollen. Früher, als Sara mich ein bisschen lieb gehabt hatte, badete ich regelmäßig. Jetzt würde ich diese Strapaze vermeiden. Mit am

Körper klebenden Schlafanzug rannte ich über die Wiesen. Rutschte wie der Blitz das Treppengeländer hinunter. Meine zotteligen Zöpfe, mit Schleifen gebunden, hüpften auf meinem Rücken umher. Die Gesundheit war eine Pflanze, die ihre Wurzeln im Schlamm versenkte, eine wilde Freude gleißte über meinen Himmel.

Die Obstbäume gingen schon von der Ungewissheit der Blüte zur endlichen Form des Apfels über, der den Kern für eine andere Jahreszeit verwahrte, wie die Pfirsiche, die Mandarinen des Orients, die Granatäpfel aus Spaniens Süden, die amerikanischen Trauben namens »Fuchsrebe«, so üppig an ihrem dunkelglänzenden Strauch; frühreife Pflaumen, die sich an schweren Ästen über die Wege beugten und sie in tiefes Rot tauchten. Und schließlich der nahe honigfarbene Ausbruch der Blühfeigen mit ihren goldzuckrigen Tränen, dies alles rannte ich verzottelt und frei ab. Schmutzig und eingesaut genoss ich grenzenlose Unabhängigkeit. Und ich kletterte in die schattigen, so sauberen Bäume, in die Weiden, deren kristalliner Saft wie Tränenflüssigkeit nach einem grünen Taschentuch verlangte, in die aufrechte Pappel und die noch aufrechtere und vornehme Zypresse. Ich lief durch meinen geliebten Landstrich, verbrannter Teppich auf kurzen Strecken voll roter und blauer Disteln wie pflanzliche Hahnenkämme, das Stückchen mit nichtigen verknäuelten Blümchen, die am Kleeacker provenzalische Decken webten.

So weit mein paradiesisches Gut.

Mein Urgroßvater hat das Grundstück mit italienischer Inbrunst geliebt. Er war Landwirt und wusste, wie zu führen, weil er die Tagelöhner verstand.

Die Bäume hat er selbst gepflanzt, damit seine Nachfahren ihn in Erinnerung behalten und ihm nacheifern.

Ich kannte ihn von einem Ölgemälde, das noch immer in dem Zimmer hängt, in dem er starb.

Er hinterließ ein Buch mit seinen Memoiren. Von den Bauern der Gegend hielt er nicht sehr viel. »Die Criollos sind arrogant und wollen nichts als Kekse, Mate, Grillfleisch und Wein – anpacken können sie nicht«, heißt es dort unter anderen Kommentaren ähnlichen Einschlags. Er verlangte sehr viel und seine Arbeiter mochten ihn nicht. Für ihn war das Land wie ein Halbgott, den man rund um die Uhr verehren und bedienen muss, egal, ob Tag oder Nacht.

Er war lakonisch wie ein Dorer und gelassen wie ein Stoiker.

Einiges hat mein Vater von dieser interessanten Person geerbt, aber mein Vater war grausam, und das sage ich aus Erfahrung, grausam und feindselig. Der Vater meines Vaters, mein Großvater, verbrachte sein ganzes Leben in Paris, er verschleuderte Geld, so viel er konnte, ohne die Kassen zu plündern, die der beharrliche Einwanderer gefüllt hatte. Die Frauen meiner Familie waren ein Haufen ängstlicher und vorurteilsbeladener Weiber. Meine Verwandten mütterlicherseits, aus San Juan stammend, haben bloß den Stammbaum gepflanzt, der zu nichts nütze war.

Der Sommer ging dahin und ich entdeckte eine ganze Welt neu. Objekte und Subjekte öffneten sich mir und damit erschlossen sich neue Dimensionen. Ich beschloss, meine Umgebung zu ordnen und jedem Objekt und Subjekt einen Platz gemäß seiner Bedeutung und Beschaffenheit zu geben. Ich beschloss, meine Fantasie zu mäßigen. Ich wollte mit der größtmöglichen Logik vorgehen.

Es waren die Ferien nach der Vorschule, anschließend käme ich in die erste Klasse. Die Lehrerin, die um meine intellektuellen Fähigkeiten wusste, empfahl, mich gleich in die zweite zu schicken, damit die anderen nicht gestört würden. »Was soll sie in der ersten Klasse die Buchstaben malen lernen, wenn sie schon lesen und schreiben und das gesamte Einmaleins kann.«

In dem Sommer kam meine Großmutter aus San Juan mit meinem Cousin Arnaldo auf die Quinta. Arnaldo war so weiß, dass er sich in der Spitze der Alten verlor wie Sara in der Dunkelheit des Dachbodens. Der Idiot trug Samthosen und in einer Tasche eine Zwille, mit der er Vögel schoss. Kaum verließ er das Haus, bedrohte er schon seine Umwelt. Die Vögel fiepten und die Hunde jaulten.

Ich wusste, dass wir auf ewig Feinde sein würden.

»Er sieht aus wie ein kleiner Engländer«, sagte die Großmutter, hob sein Hosenbein und entblößte ein eklig fahles Bein. »Ich lasse ihm Crème aus Paris schicken, dunkle Haut gefällt mir nicht und diese Sonne kann den Jungen verbrennen.«

Aus dem Augenwinkel inspizierte die Alte meine ledrige braune Haut, mein vernachlässigtes Haar, meine schlammverkrusteten Schuhe und mein ganzes desaströses Erscheinungsbild.

Ich näherte mich unauffällig und flüsterte dem Bürschchen ins Ohr: »Du Trine.«

Die Großmutter setzte zum Angriff an: »Meiner Tochter wird es schlecht ergehen, weil die Krankheit, mit der du sie angesteckt hast, ihre Früchte tragen wird und ganz gewiss keine schönen.«

Ich setzte auf Skandal: »Mama wird abtreiben.«

Die Alte informierte blitzschnell den Jungen: »Die Kinder, mein Schatz, kommen aus Paris, wenn ihre Eltern sie nicht im Körbchen finden.«

Der Junge: »Ich mag lieber die aus Paris.«

Die Großmutter: »Sicher, mein Schatz, die bringt der Storch, Engelchen.«

Und ich: »Die Störche kommen doch aus Holland, du dumme Gans.«

Und dann erklärte ich meinem Cousin, wie die Babys auf die Welt kommen und meine Großmutter fiel in Ohnmacht.

An meinem zweiten Geburtstag war meine Mutter schwanger mit Lula. Da kam eine Frau mit einer Ledertasche zu uns nach Hause. Ich spielte auf dem Hof mit ein paar Löffeln und einem Stück Metall Xylophon.

Jemand sagte mir, dass meine kleine Schwester in der Tasche gebracht wurde, aber ich wusste, dass da nur medizinisches Gerät drin war.

Ich weiß noch, wie ich bei Lulas Geburt zwischen den improvisierten Tönen meines Xylophons den verzweifelten Schrei eines aufgerüttelten Wesens hörte, das gezwungen war, den ruhigen Gleichmut gegen das Getöse der Welt einzutauschen.

Und jetzt würde nach Lula noch ein Geschwisterchen geboren werden, denn der Priester fand: »Gottes Willen muss man sich beugen« und meine Familie antwortete: »Amen.«

Mit einem Schauer nahm mich der Schuldkomplex gefangen und ich bekam Gänsehaut angesichts des Rätsels meiner Krankheit und ihrer Folgen für das Baby. Mein Mangel an Empathie nahm zu, als ich fünf Jahre alt wurde. Sara ließ mich links liegen. Sie kümmerte sich nur noch nach Vorschrift um mich, ich war zur Pflicht geworden. Die Dinge aus der Vitrine durfte ich nicht mehr anfassen.

Ich wollte mein Leben in andere Bahnen lenken. Ich wollte nach verborgenen Schätzen in der Erde suchen. Ich las über Leben und Werk von Florentino Ameghino und beschloss, ihm mit einem Sack über der Schulter auf der Suche nach außergewöhnlichen Dingen nachzueifern. Ich wollte »die Verrückte mit den Knochen« sein.

Bäuchlings auf dem Boden kratzte ich Kuhlen in die Erde, und der Geruch, den sie verströmte, und die tausend Münder, die in ihr organische Materie schluckten und als neues Element wiedergaben, erklärten mir das Prinzip der Symbiose, und ich sagte mir, dass nichts verloren geht und alles im Wandel ist, und gelangte zu dem Schluss, dass nichts so klug und begierig ist wie die scheinbar so reglose Mutter Erde. Mein Sammeleifer beschränkte sich bisher auf bunte Kiesel, Kalkstein, Glasscherben, Wurzeln und sonnengetrocknete Insekten. Meine Haut wurde jeden Tag ein bisschen dunkler und verwandelte mich in eine Terrakotta-Puppe.

In die Nähe meines Baus stellte Sara mir ein Sandwich mit Schinken und Käse und eine Limo, die nach Pipi schmeckte, wenn sie warm wurde. Manchmal aß ich das Brot, immer aber schrieb ich auf die Papierserviette, in die es eingewickelt war: »Die Pipi ist für die schwarze Sara.«

Mein Cousin begann mit der Plünderung von Flora und Fauna; er jagte ein Eulenküken. Der Steinwurf verletzte dem Vöglein den Flügel und der Blödian schleppte es vergnügt am gebrochenen Flügel mit sich herum. Ich schwor mir, ihn eines Tages umzubringen. In gewisser Weise tat ich das auch, sehr viel später.

Die kleine Eule war noch ein winziges Küken und grau mit Katzenaugen. Ich musste wohl ein Wörtchen mit dem Fiesling wechseln.

»Ich geb dir zwanzig Centavos für die Eule.«

»Dreißig oder sie ist tot.«

»Du kriegst vierzig, jetzt gib schon her, du Schwachkopf.«

»Lass sehen die vierzig Centavos …«

»Erst die Eule.«

Ich entriss sie ihm geschickt, der Idiot verlor das Gleichgewicht, ich trat ihm auf die Hand und zog ihm mit voller Wucht eins über. Er rief heulend nach seiner Oma.

Ich verschwand mit meinem Vogel im hohen Gras. »Ich werde dich taufen. Du sollst Bertoldo heißen.«

Ein neuer Bewohner für meinen Dachboden, wo schon die Babykatzen und die Mamakatze zusammen mit der Eidechse Josefina wohnten. Oft aßen sie mein Essen und ich pickte ihre Krümel; sie waren immer hungrig und ich nur manchmal. Und auch wenn mancher das bezweifeln mag, wir pflegten fabelhafte Soireen mit wunderbaren Gesprächen zu halten.

Auf dem Dachboden der Quinta, den ich mir als Festungsturm oder Ausguck in der Pampa vorstellte, von wo aus man die Stützpunkte der portugiesischen Blumenzüchter sehen konnte, parlierte ich mit meinen Mietern und sie hörten mir zu und reagierten auf die Tonlage meiner Stimme.

»Niemand gehört einem anderen; wenn ihr hier bleibt, dann, weil ihr mich ausgewählt habt.«

Die Mamakatze stritt mit Bertoldo und zog sich mit ihren Kitten ins Stroh zurück, später besuchte sie uns mit ihren größeren Kindern.

Eines Nachts hörten wir ein Klagen. Josefina, die bereits recht alt war, tat ihren letzten Atemzug. Ich begrub sie am Fuß eines Rosenstocks. Bertoldo richtete sich auf dem Büchersims ein, wie ein Wächter, sein Kopf kreiste mit eingezogenem Gesicht wie ein Leuchtturm, ein Nackengespenst mit Kastagnettenschnabel.

»Hu… Hu… Hu…«, grüßte er mich.

Er lernte, die Wendeltreppe hinabzuhüpfen, durch das Fensterchen zu fliegen und unten auf mich zu warten. Wir teilten alle Nahrung und waren spindeldürr, aber sehr zufrieden; unsere Seelen waren gut genährt. Mit Bertoldo feierte ich meinen fünften Geburtstag.

Ein Jammer, dass es mit mir und Sara auseinanderging.

»Sara, welcher Tag ist heute?«

»Der 20. Dezember.«

»Erinnert Sie das nicht an etwas?«

»Es ist ein Tag wie jeder andere, der 20. Dezember 1926.«

Ich hatte zwischen meiner Einsamkeit und der schwarzen Frau eine Brücke aus Silberfäden gesponnen, oder aus Seide, wie auf den japanischen Drucken, und sie zerschnitt sie mit der Schere. Ich begann zu singen: »Alle Schwarzen riechen nach verschimmeltem Tabak.« Sie wurde traurig und ich setzte noch eins drauf: »Ich glaube, die Schwarzen wurden aus Pipi und Kacka gemacht.«

Und so wie ich fünf Jahre alt wurde, wurde sie plötzlich fünfhundert, sie erhob sich aus ihrem Korbstuhl und trocknete sich wie erschöpft von einem Atavismus aus Zeiten der Sklaverei eine Träne, die ihre Haut aufhellte.

Mit Sara starb meine Kindheit.

Wir sollten nie wieder ein Band knüpfen. Ich läutete meine intellektuelle Haltung ein, meine den Menschen gegenüber unempfängliche Ära, ich schätzte sie gering, so haben sie es mich gelehrt.

Trotz allem, trotz meiner indifferenten Einstellung, trank ich eines unglaublich einsamen Abends die Mundspülung, um mir das Leben zu nehmen. Ich tat es wegen Sara, die nach meinem Tod leiden sollte. Sie stellte mich vor das Waschbecken im Bad und befahl: »Spucken.« Als es mir nicht gelang, schrie sie: »Finger in den Hals und raus damit.«

Ich tat es. Mein stolzer Suizidversuch rann ohne Würde oder Ehre in den Abfluss. Einen Monat lang litt ich unter Übelkeit, aber ich beklagte mich nicht.

Bertoldo und ich waren zwei fröhliche Landstreicher. Welch Freude uns die idyllische Landvermessung bereitete und noch dazu Fundstücke für den Beutel, von einem Sonnenuntergang bis zu einem Stein, in den »Lang lebe die Heilige Föderation« eingeritzt war, Murmeln und Äxte, versengte Spielknöchel, Gauchoschätze wie stumpfe Sporen und verlorene Gürtelmünzen, manche aus Silber, Waschknüppel vergangener Zeiten.

Wir leerten den Beutel auf dem Dachboden. Ich sagte zu meinem Kameraden: »Ich werde die ›Verrückte mit den

Knochen‹ um ›und Kompagnons‹ ergänzen.« Wir erkundeten den Bereich, wo es ein altes Bauwerk gab, betraten die Zimmer ohne Decken mit den einstürzenden Mauern. Gefährlich. Wir kletterten auf den geschwächten Spähturm, er war feucht und wackelig. Das »Hu… Hu… Hu…« von Bertoldo waberte über die Dächer der Türme und die Portugiesen bekreuzigten sich. In diesem alten Bauwerk gab es einen Keller, wir gingen runter und fanden ausgenommene Barriquefässer mit heraushängenden Schläuchen wie Gedärme und sauer riechende Flaschen mit einem Rest Wein auf dem Grund; alle Flaschen und Fässer verströmten den konzentrierten Duft von stark gereiften Likören und ich begriff, dass wir in einer Bodega standen. In der Nähe fanden wir Rinderschädel, die früher als Schemel dienten.

An diesem Ort des alten Bauwerks trug ich mit Hacke und Schaufel die roten Fliesen von einem Hof ab. Hervor kamen Käfer, die Bertoldo verschlang, und während ich ihm dabei zusah, wie er diese Lebeweslein fraß, dachte ich an Gott, der sich genauso ernährte, uns gleichmütig zu Mittag verspeiste. Ohne mein natürliches Heidentum zu vernachlässigen, zog ich die Existenz eines einzigen Gottes in Betracht. Ich betrachtete diesen Ort und befand: »Das muss das Zentrum der Quinta gewesen sein, der Kern.«

Ich sagte zu Bertoldo: »Warum wohl dieses Fundament nicht genutzt wurde für das neue Haus?«

»Hu… Hu… Hu…«

Mit soldatisch festem Schritt marschierte ich die Fliesen ab und Bertoldo hüpfte sie entlang. Plötzlich gab eine Fliese nach. Ich trat kräftig darauf und ein tiefes Loch kam darunter zum Vorschein. Ich zögerte, bevor ich die Hand hineinsteckte. Dann tat ich es doch, steckte die Hand und dann den Arm bis zum Ellenbogen in das Loch und ertastete etwas Kaltes, aber Lebloses; es war weder Frosch noch Reptil, es hatte Relief, eine Statue vielleicht. Ich holte es heraus und wir erkannten, dass es eine kleine Skulpturengruppe war, sehr grob gearbeitet, und sie zeigte eine Familie großköpfiger Ungeheuer.

Ich musste an Velázquez' »Las Meninas« denken.

Zu Bertoldo sagte ich: »Die hängen im Prado in Madrid.«

»Hu... Hu... Hu...«

Das Elternpaar war nicht so gruselig, schaurig waren die Kinder.

Der Skulptur fehlte ein Stückchen. Ich musste weitersuchen. Erneut steckte ich die Hand in das Loch, dann den Arm bis zum Ellenbogen, und brachte eine Metallplakette mit einer Inschrift zum Vorschein: »La Angelina«.

Samtene Nacht und Vollmond waren über uns gefallen. Freitag.

Wir bekamen Angst und kehrten, wie die Orphiker, zurück an die Oberfläche, ohne uns umzusehen auf der Brücke, die das Magische vom Alltäglichen trennt.

Angespannt und steif gingen wir dahin, wie aufrecht auf das Geheimnis deutend, das wie Nebel zwischen Himmel und Erde wabert.

Wir würden das Haus, wie immer, durch den Dienstboteneingang betreten und mit unserem prall gefüllten Beutel über die Wendeltreppe den Dachboden erklimmen. Ich war stolz auf meinen Mut, die Hand in den Abgrund gesteckt zu haben, sogar den ganzen Arm bis zum Ellenbogen. Bertoldo flog auf den Sims und ich goss Wasser in die Waschschüssel; das große Badezimmer benutzte ich aus Furcht vor den Menschen des Hauses nicht. Auf unserem Dachboden gab es ein kleines Bad. Das Essen wartete zusammen mit dem Glas Limonade auf dem Tablett.

Sara rief: »Bist du da?«

Ich antwortete: »Hu… Hu… Hu…«

»Schluss mit den Scherzen und runter mit dir, dein Vater will dich sehen.«

In Panik bemerkte ich, dass meine Schließmuskeln mir nicht mehr gehorchten und dass der Urin langsam und brennend meine Beine entlang lief. Ein aggressiver, stechender Magenschmerz krümmte mich, und ich schwitzte aus allen Poren. Eiskalt wie eine Pflanze im Winter dachte ich, ich sei plötzlich erkrankt. Ich gehorchte trotzdem.

Mein Vater las und rauchte wie immer. Er öffnete den bärtigen Schlund, schärfte die Basaltaugen, faltete die Zeitung zusammen, schmauchte ein paar Rauchschwaden. Ich spürte, wie die verfluchte nervöse Neigung mich anfallen wollte und unterdrückte das Gelächter, indem ich auf den Nägeln kaute.

»Du hast einen Bruder. Deine Mutter hat ihn vor zwei Stunden geboren.«

»Hu… Hu… Hu…«

»Was soll das?«

Das einzige Wesen, mit dem ich Umgang hatte, war Bertoldo. Und ich lief rot an, weil die Vorstellung der Geburt mir peinlich war.

»Du bist sehr intelligent, dein Wissen ist ungeheuer, deshalb informiere ich dich schlicht darüber, dass deine Mutter einen Jungen geboren hat.«

Er griff mit Vorteil an, wie immer, und ich sah ihn in einem roten Rahmen und hasste ihn. Eine grünliche Aura überflutete den Raum. Wir Stradolini liebten einander nicht.

Der rote Rahmen, der meinen Vater umgab, schwankte, und er gab darin ein seltsames Bild ab, das mit mir nichts gemein hatte. Grüne Sprenkler betüpfelten ihn. Mein Vater war nicht glücklich mit der Ankunft des neuen Sprosses. Mein Hass wuchs tosend.

Er sagte: »Ich sehe, dass du nichts zu sagen hast, es interessiert dich kein bisschen; du kannst gehen.«

Ich floh aus der Höhle meines bauschbärtig-schnäuzerigen und unglaublich gemeinen Vaters, erklomm die Wendeltreppe und steckte, auf dem Dachboden angekommen, eine Kerze in den bronzenen Ständer, deren Licht die Skulptur, die wir gefunden hatten, mit einem geheimnisvollen Flackern erhellte, das Bewegung in die Figuren der Gruppe zu bringen schien.

Die Zwerge kauten mit spitzen Zähnen auf der Zeit herum. Bertoldo besah sich alles in großer Sorge. Sara kam hoch, um das Tablett und das Glas zu holen.

»Wie heißt mein Bruder?«

»Juan Sebastián.«

Im Halbdunkel, das das Licht des Kandelabers wie ein zarter Heiligenschein umgab, zeigte ich auf den hässlichsten Zwerg und fragte Bertoldo: »Ob er so aussieht?«

Er schüttelte seinen runden Kopf und machte ein einziges »Hu…«.

Jetzt säumte eine andere Aura die Dinge auf dem Dachboden, etwas wie eine violette Wolke schwebte umher und streifte uns beinahe. Bertoldo bemerkte es auch. In einer Ecke stand vergessen und staubumhüllt die Harfe meiner Urgroßmutter, und als würde eine seidene Hand sie zupfen, stieß sie so etwas wie ein Winseln aus. Ich sah, wie man unter Wasser die Dinge sieht, eine Hand mit von goldenen Fingerhüten ummantelten Fingern die Saiten zwacken. Bertoldo drehte den Kopf in die Richtung und gurrte. Ich ging zu der Harfe und striff über die Saiten. Eine leichte Berührung fuhr über meine Hand, dann meinen Arm bis zum Ellenbogen, und ich merkte, wie diese Berührung eine schlummernde Liebesnote in mir weckte, eine Note familiärer und heimeliger Zuneigung.

Ungeahnte und in eine Ecke meiner traurigen Existenz verbannte Erlebnisse klangen zum ersten Mal an, und die Hoffnung auf irgendeine Art von Gesellschaft, Wärme, Menschlichkeit nahm mich mit seltsamem Genuss gefangen. Ja. Es sollte ein Universum für die Verzweifelten geben, für die Verlassenen. Für die Viecher vom Dachboden. Wir schliefen furchtlos bis zum nächsten Morgen.

Um nichts in der Welt wollte ich meiner Mutter begegnen. Und ich hätte alles gegeben, um auch meinem Bruder nicht zu begegnen. Aber die Namen des Jungen gefielen mir und ich wiederholte sie mir: »Juan Sebastián, Juan Sebastián«. Ich wiederholte sie mir auf dem Dachboden und draußen in der prallen Sonne im hohen, frischen Kleefeld. Ich wiederholte sie mir in den Wipfeln der Bäume, so klar, in den Weiden, deren kristalline Säfte wie Tränen sind, die ein grünes Taschentuch verlangen, um sie zu trocknen, in der aufrechten Pappel und der noch aufrechteren und feinen Zypresse.

Als wollte ich die schöne Ebene mit ihnen tränken, sprach ich die Worte aus, als ich über den hier und da verbrannten Pflanzenteppich mit den herausragenden roten und blauen Disteln lief, über das Stück Wildblumenwiese beim Kleeacker. Ich sang »Juan Sebastián« auf meinem Hof, in meinem Eden, und teilte ihn so mit jemandem, den ich noch nicht einmal gesehen hatte.

Und nicht nur die Landschaft teilte ich mit Juan Sebastián, sondern auch die Funde: Ziegel mit Inschriften, Murmeln und Äxte, Silbermünzen, Waschknüppel und Spielknöchel, Knochen ohne Ende.

Wir waren Bertoldo, der Geist und ich.

Wir zeigten dem Geist das Loch im alten roten Hof, wo die Skulptur und die Plakette der ehemaligen La Angelina verborgen gewesen waren, und wir waren drei Exilierte, Streuner, Vagabunden, die an die Oberfläche zurückkehrten, ohne sich auf der Brücke, die das Magische vom Alltäglichen trennt, noch mal umzudrehen.

Angespannt und steif gingen wir alle drei dahin, wie aufrecht auf den hexerischen Mond deutend, rot und zunehmend.

In der Kapelle lernte ich den Katechismus, denn ich sollte bald zur Erstkommunion gehen. Ich durfte dem Pfarrer helfen, bekam ein Buch über die Heilige Geschichte und wurde Katechetin. Auf das kleine ungesäuerte Brotrund aus dem Sanktuarium war ich neugierig, der wundersame Lauf der Erzählungen und Geschichten, die unsere Vorbereitung bereithielt, überzeugte mich allerdings nicht.

Die alten Jungfern, wahre Katechetinnen, waren bald genervt von mir, weil ich den Kindern zufolge unterhaltsam erklären konnte, die alten Schachteln aber nicht. Aber auch wenn ich gut überlegte Fragen formulierte, die sie freudig beantworteten, musste ich aufgeben, weil die größeren Jungs Erdnüsse und Kügelchen aus nassem Papier durch den Raum warfen.

Sie warfen mit diesem Schweinkram um sich und ich warf ihnen Schimpfwörter an die Köpfe, die sie verrückt machten und an meiner Natur zweifeln ließen, denn ich stritt wilder als jeder Junge. Ich stach hervor. Ohne Schmerz oder Ruhm geriet ich in Vergessenheit. Ich glaubte, Frieden zu finden.

Der Sturm brach wegen Pfarrer Luzón los. Luzón roch nach Gallseife und billigem Rasierwasser und die Frömmlerinnen waren verrückt nach ihm. Sie sagten: »Er ist so ein Schatz« und stritten sich um einen Platz im Beichtstuhl, was zu langen Schlangen davor führte. Er saß in dem kleinen Raum, der einer Miniaturkathedrale aus Holz glich und sie warteten begierig, um ihre kleinen Sünden abzuladen.

Am Ende des Tages kam Luzón mehr tot als lebendig heraus, blass und abgezehrt.

Er hatte mich schon auf dem Kieker wegen der Töchter Marias und wegen meiner Beobachtungen zu seiner Person. Eines Nachmittags betrat ich den Beichtstuhl und bemerkte einen starken Geruch nach Waschlauge, wie bei einem brünftigen Widder. Ich schloss daraus, dass Luzón sich an den Katechetinnen anspitzte und im Beichtstuhl masturbierte. Ich dachte: Was für ein Aas, immerzu predigt er uns von sündigen Taten und ist selbst so ein Onanist. Der Gedanke erzürnte mich und bereitete mir ein Problem, das ich auf meine Art löste.

Ich musste bei Luzón zur Beichte, der mich natürlich fragte, wie ich mit all den Jungs zurechtkam:

»Kind, begehst du Sünden? Begehst du sie allein oder in Gesellschaft?«

Ich hatte mit den Töchtern Marias bereits die Selbstbefriedigung in der Jugend besprochen; mir mangelte es an affektiven Bedürfnissen, ich hatte nie Liebe erfahren, mein Geschlecht schlief blockiert von meinen so herausragenden intellektuellen Fähigkeiten. Ich hatte die Jungen oft bei der Selbstbefriedigung gesehen und hielt es für etwas ganz Natürliches, das mich nicht kümmerte. In der Kapelle jedoch wurde mir versichert, dass es eine Todsünde war.

Mit ruhiger, aber scharfer Stimme antwortete ich Luzón: »Das, was Sie sündig nennen, ist in einem gewissen Alter ganz normal, aber was Sie machen, wenn Sie sich an den Frömmlerinnen anspitzen, ist ekelerregend.«

Eine Katechetin, die Señorita Masselotte, wurde beauftragt, mit meinem Vater zu sprechen.

»Es tut mir in der Seele weh, aber morgen Nachmittag um vier werde ich die Quinta aufsuchen und mit deinem Vater sprechen.«

Ich entschied, ihr etwas mehr als nur die Seele schmerzen zu lassen.

Juanín Riesenpistole, der Verrückte, schwang gern seinen riesigen Penis. Rücklings am Wegrand liegend bot er den vorbeikommenden Damen seinen einzigen Schatz dar. Die Jungen spornten ihn an: »Zeig her, zeig her!« Die Mädchen gaben sich entsetzt: »Meine Güte, so groß!« Juanín bettelte: »Greift zu, greift zu!«

Auf unterschiedliche Weise litten Juanín und ich am selben Problem; er hatte null Intellekt und ausgeprägte Gemütsregungen und ich umgekehrt. Wir waren zwei Ungeheuer. Wir hätten sterben sollen, oder gnädig erlöst werden. Wir waren zwei entstellte Raritäten in der Schusslinie gewöhnlicher Schützen.

Der verrückte Juanín war immer hungrig, also schwenkte ich mein Käse-Schinken-Sandwich, während ich mich murmelnd näherte: »Masselotte, greif zu, greif zu.«

Mit Juanín reden war wie mit den Tieren reden; er verstand mich, verschlang das Sandwich und hielt den Penis parat.

Ich näherte mich noch mal seinem Ohr: »Ich geb dir mehr, wenn …« Und ich sang: »Masselotte, greif zu, greif zu.«

Schon kam Masselotte den Abhang hinunter, vorbei an Juanín Immer Bereit, ja, mit Großbuchstaben, so riesig war das alles.

Wie eine Schlange schoss er hervor und Masselotte lag unter ihm.

Juanín fuhr mit seinem prächtigen Aufgebot die alte Jungfer in Länge und Breite ab, ohne Gesicht und Haare auszusparen oder irgendein Fleckchen unbefleckt zu lassen.

Zwischen den Disteln schrie ich hervor: »Schämen Sie sich denn nicht, Sünden mit dem unschuldigen Juanín Riesenpistole zu begehen, Sie verhurte Jungfer, das sage ich Ihrem Verlobten, dem Pfarrer Luzón.«

Sie türmte querfeldein wie ein unbändiges geschändetes Mädchen.

Kein Katechist und kein Katechumene sah sie je wieder.

Ich sagte mir: Sie wird sich in irgendeiner Katakombe verstecken. Und von diesem Tag an nahm ich mir vor, alle meine Schlachten um jeden Preis zu gewinnen, auf Teufel komm raus und ohne falsche Scham. Warum sollte ich meinen Nächsten lieben, wenn mein Nächster mich verabscheute, und da ich anders war, wer könnte mein Ebenbild sein?

Mama lebte mit Juan Sebastián in Buenos Aires. Mein Vater blieb fast immer über Nacht in La Plata. Sara widmete sich mit voller Aufmerksamkeit Lulita, aber sie nähte trotzdem das Kleid für meine Erstkommunion und kaufte mir die Schuhe und Handschuhe.

Luzón ging mir aus dem Weg. Ich würde vor der Kommunion keine Beichte ablegen, ich war sowieso nicht gläubig.

Am achten Dezember kleidete ich mich in Weiß. Sara half mir in das Kleid, in die Spitze der Illusion; eingezwängt in dem Seidenschlauch und unterjocht von der Spitze fühlte ich mich wie ein schwarzes Schaf im weißen Pelz; »verdammt«, fluchte ich, und zog die Schühchen über meine sandalengewohnten Füße. Sara hatte mir geholfen, mich als Fliegennetz zu verkleiden.

»Du glaubst doch gar nicht an Gott, warum gehst du zur Erstkommunion?«

»Ich habe das Buch der Heiligen Geschichte bekommen …«

»Du magst dich auskennen mit der Religion, aber an Gott glaubst du nicht.«

Ich nahm den Rosenkranz und verließ mit großen Schritten das Haus. Sara folgte mir.

»Du siehst ja, dass deine Mutter dir nicht den goldenen Rosenkranz gegeben hat. Den bewahrt sie für Lulita auf.«

Mein elfenbeinerner Rosenkranz hatte meiner Tante Angelina Stradolini de Caserta gehört, der italienischen Tante meines Vaters, für die an jenem stürmischen Tag ein Foto von mir gemacht worden war.

Damals war Angelina nichts als ein elfenbeinerner Rosenkranz für mich.

Ich weiß nicht, was für einen Quatsch Sara da vor sich hinbrabbelte, ich schubste sie und lief zur Kapelle.

Halb ins Gebüsch gestürzt rief sie mir hinterher: »Du bist ein böses Kind und Gott wird dich bestrafen.«

Dann kam sie mir hinterher und bemühte sich leise schluchzend, meine Spitzenschleppe zu retten, die sich im Gestrüpp verfangen hatte.

Ich hörte schon den Chor der Mädchen: »Ich glaube an den Vater / den Schöpfer dieser Welt / der uns mit seiner Liebe / in seinen Händen hält.«

Ob Masselotte aus ihrem Versteck kommen würde?

Sie war nicht da, aber ihre beste Freundin nutzte eine Pause, um zu sagen: »Stradolini ist die Hässlichste von allen.« Das stimmte. Ich sah aus wie ein langbeiniger junger Nandu an einem gänzlich ungeeigneten Ort für ein Reiherküken.

»Vögel müssen nicht zur Kommunion«, wollte ich herausprusten und mir kamen die Tränen vor lauter Bemühen, das Lachen zurückzuhalten.

Als ich das Heilige Brot empfang, konnte ich nicht mehr, ich musste lachen und verschluckte mich beinahe.

Als die Eltern ihre Töchter küssten, stellte ich fest, dass ich noch nie geküsst worden war.

Abrupt setzte ich mich von der Kniebank zurück auf die Bank, wo der Holzsplitterteufel mich am Po packte und mit einem Ratschen die Spitzenillusion zerriss.

»Deibelkopf«, schrie Sara.

Und zur Information fügte sie hinzu: »Sie ist sehr intelligent beim Lernen, aber sonst taugt sie zu nichts, darum nennen wir sie Deibelkopf.«

Es war eher eine zweite Taufe oder eine Firmung als eine erste Kommunion. Sara taufte mich um in »Deibelkopf«. Ich hätte sie erwürgen können.

Mit einer gefälschten Geburtsurkunde, angebliches Geburtsjahr 1917, wurde ich in der Schule angemeldet und besuchte mit acht Jahren die sechste Klasse, während andere Kinder in diesem Alter erst eingeschult wurden. Ich bekam Bestnoten in allen Fächern und null Punkte in Betragen. Die Lehrerinnen atmeten auf, wenn sie mich mitten im Schuljahr in die nächste Klasse versetzen konnten. Ich durchlief die Schuljahre so geschwind, dass ich keine Freundschaften schließen konnte.

Meine Isolation wuchs wie eine tropische Kletterpflanze. Ich aß mit den Tieren, will sagen, mit Bertoldo und den Viechern auf dem Feld, an die Wand gelehnt und ein Buch beendend, das ich am Morgen begonnen hatte, oder einen Lehrsatz oder Syllogismus wiederholend. Besteck benutzte ich nie. Ich hatte Gelegenheiten, mit Jungs auszugehen, aber der Zwischenfall mit dem »Deibelkopf« isolierte mich noch mehr.

Ich erfuhr, dass Mama mit Juan Sebastián aus Buenos Aires zurückgekehrt war.

Mein Dachboden über dem »Haus der Menschen« war mein Rückzugsort; jetzt, da ich fürchten musste, Mama und meinem kleinen Bruder zu begegnen, diente er mir als Versteck, wenn ich von meinen Streifzügen mit Bertoldo zurückkehrte.

Ich hatte mich so entschieden zurückgezogen, so kalt, wild und gewaltvoll, dass ich mir eine Begegnung mit ihnen furchtbar vorstellte. Ich vermied den Schrecken, ich konnte gar nicht genau sagen, welchen, aber im Haus der Menschen pochte etwas Furchterregendes, Systole, Diastole, das mich verrückt machte und mir das Gleichgewicht raubte.

Und ich stürzte mich in meine Welt der Mathematik und Logik und in die Paradiese und Labyrinthe von Platons *Dialogen*. Ich spann mein Universum mit Fäden von illustrer Herkunft, strebte einen herausragenden, ungewöhnlichen Tod an, der meine beachtlichen Spuren in die Erinnerungen der anderen einbrennen würde.

Oh, ja … ein rilkscher Tod.

Und da nichts sich meinen intellektuellen Fähigkeiten verwehrte, lernte ich bis zur Perfektion Französisch und Italienisch. Madame de Noailles gefiel mir und diese fabelhaft illustrierte Sammlung mit dem Titel *Vita degli Animali*, die meinem Urgroßvater gehört hatte und die ich auf den Dachboden holte.

Die Zeit, die normale Menschen damit verbringen, sich zu waschen und herauszuputzen, das Frühstück und Mittagessen, den Tee und das Abendessen einzunehmen und anderen Verpflichtungen und Tätigkeiten nachzugehen, oder wie man das nennen mag, nutzte ich dafür, mich zu bilden und zu kultivieren.

Ich hatte eine Hauslehrerin und Psychologin, María Assuri. Sie musterte mich mit ihren grauen Augen und notierte in ihrem Heft Dinge von mir, über mich, bis jemand aus dem Haus unten ihr vorschlug, mit mir in eine Privatschule zu ziehen.

Im März sollte ich an diesem Internat die Oberschule beginnen. Aber bis dahin fehlte noch ein gutes Stück Sommer. Ich wollte Lektüre zusammenstellen, die ich mitnehmen würde: Rilke, Rolland, Gide, Proust, Wilde; die französischen Dichter Rimbaud und Baudelaire; französische Zeitschriften des vorigen Jahrhunderts, und die Romane von Benito Lynch, der in La Plata lebte und mit meinem Vater befreundet war.

Als María Assuri meine Einweisung organisierte – und ihre eigene –, rückten die Menschen des Hauses in den Hintergrund, denn ich beschloss, mit einem Kapitel meines Lebens abzuschließen. Eine Art, all das zu verbrennen, war das Schreiben meiner Autobiografie in zwei Schulheften, die ich direkt im Anschluss einäscherte.

Sara ließ vernehmen: »Jetzt, da Lulita mich nicht mehr braucht, werde ich mich um den Jungen kümmern.«

Ich hatte meinen Bruder immer noch nicht kennengelernt.

Wie ein Äffchen kletterte ich aufs Dach und suchte die Patios und Gänge ab, aber nie entdeckte ich den Jungen oder meine Mutter. Die einzige Verantwortung, die auf mir lastete, war Bertoldo. Ich dachte: Wer wird ihn liebhaben?, und befand, das Beste für Bertoldo wäre der Tod.

In *Vita degli Animali* schlug ich seine Lebenserwartung nach. Er stellte sich auf die Buchseite und beschattete den Text, seine warmen Augen fest auf meine mögliche Grausamkeit gerichtet. Ausführlich erläuterte ich ihm die Gründe, meine; und die Natur der Menschen des Hauses, er verstand und alterte. Um meinen verdammten Entschluss zu verschleiern, ging ich öfter mit ihm spazieren. Wir streunten im hohen Klee umher, über die goldenen Pfade voller gefallener trockener Blätter, die unter unseren Schritten knirschten; Bertoldo flog auf die Spitze einer Kiefer, dann auf die einer Weide mit diesem unvergesslichen, tiefgrünen Grund. Wir mochten den harzigen Geruch der Landfeuer, die durch kleine Brennpunkte ausgelöst wurden, sich ausbreiteten und Streifen von Kastanienbraun, Altgold und Kohle auf den Feldern hinterließen.

Diese Brände sind im Januar und Februar sehr verbreitet, eine Glasscherbe oder eine Zigarettenkippe können sie auslösen. Der Rauch am Rand der Hacienda setzte sich auf die Haut und reizte die Augen. Die Bäume taten uns leid, unschuldige Opfer, vielleicht einer Unachtsamkeit, mit dem dramatischen Abschiedsgewinke ihrer Äste, wie die Arme eines Hungerkranken, die das Feuer zu stoppen versuchen, und die Riesen, die der Hitze widerstanden und in hölzernen Rissen kleine Zweige zarten Grüns austrieben, um zurück ins Leben zu finden. War der Grund der alten La Angelina womöglich einem gigantischen Schwelbrand zum Opfer gefallen?

Vielleicht hatte das ehemalige Haupthaus sein Dach durch ein Feuer verloren, und da standen die abgebröckelten Mauern, noch immer aufrecht, mit ihren rotgefliesten

Patios, wo ein unheilvoller Fleck ihre erstaunliche Glätte wie aus dem Jenseits verdüsterte …

Der Patio des Funds …

In diesem Patio öffnete das Loch seinen schwarzen Kopf. Das störte mich, als würde es sich über mein armseliges Aussehen und meine gefiederte Gesellschaft lustig machen, und ich gab ihm einen Stoß mit dem Fuß. Ein Stück von der benachbarten Fliese brach ab. Ich trat weiter darauf herum und es bröselte und bröckelte und das Loch wurde größer.

Ich sagte zu Bertoldo: »Was für ein gerissenes Loch.«

Mit seinen gezähnten Rändern biss es die Nacht und uns auch.

Die Karre bremste und mahlte Klee. Das kleine Auto des Italieners der Quinta, Don Narciso Gemmi, der uns anbot, uns zu fahren.

Ich fragte ihn: »War das hier das Haupthaus von La Angelina?«

»Ich glaube, schon. Dieser Teil hier wurde 1868 abgerissen. Hier hat dein Urgroßvater gelebt.«

»Kannten Sie ihn?«

»Mein Opa hat ihn gekannt.«

Wir stiegen in das Auto und fuhren auf dem grünen Ledersitz zum Haus der Menschen, zu unserem Dachboden. Wir kamen an. Erklommen die Wendeltreppe bis ins Exil. Bertoldo hüpfte auf sein Sims, ich nahm Hoffmanns Erzählungen zur Hand. Ich las *Der Sandmann* laut vor, Bertoldo blinzelte, als sei ihm Sand in die großen Augen geraten. Der Sandmann quälte seine Erfindungen mit Nadeln. Ich dachte an María Assuri, ich war ein mit ihren Stecknadeln im Insektarium festgehaltenes Insekt, das sie mit ihren grauen Augen musterte, fixierte, klassifizierte und beschriftete: »Hochbegabte Heranwachsende; Probleme im sozialen Umgang und andere Schwierigkeiten«. Ich tröstete mich mit dem Wissen, dass wir Anormalen ein kurzes Leben haben und dass Juanín Riesenpistole am Ende des Sommers gestorben war.

Sara brachte eine Nachricht: »Dein Vater sagt, du isst heute mit der Familie, weil das Fräulein María Assuri kommt.«

Der Bericht

Ich kriege das Gesicht des vor lauter Liebe seiner zweiten Frau aus dem Grabe geholten Luis nicht aus meinem Gedächtnis gelöscht. Ich weiß nicht, warum ich an Jakobslilien denken muss. Aber Schluss mit der Ironie, ich muss akzeptieren, dass der Vorgang erhaben war, auch wenn es mir wehtut. Aus meinem persönlichen Grab – der Truhe meiner Vorfahrin – exhumiere ich das Gutachten von María Assuri:

Ich hoffe, dass Chela versteht, wie sehr ihre ausgeprägte Zerstreutheit, ihr zügelloser Ehrgeiz und ihre unnatürliche Hochbegabung ihr schaden können. Die Entfernung von ihrer Familie wird ihr meines Erachtens guttun, denn im streng geführten Internat lernt sie vielleicht zu schätzen, was ein familiäres Heim bedeutet.

Dieses Kind – bereits jugendlich – ist wie ein schwer zu steuerndes Schiff. Ich persönlich halte sie für ein seltsames und sadistisches Wesen. Letzteres sage ich, weil sie alles Erdenkliche tut, um die Dinge größer und schwerer zu machen. Ich versuche, sie zu beobachten, ohne dass sie es merkt, und muss erstaunt feststellen, dass ich selbst noch genauer beobachtet werde, geradezu aggressiv. Und ich bin verwirrt. Ich wünschte, ich könnte eine Saite in ihrem Inneren anschlagen, in ihrer Psyche, ihrer Seele oder was es auch sei; Chela hat keine Gefühle für ihresgleichen und liebt nur Tiere.

Im Augenblick weiß sie, dass sie runtergehen muss ins »Haus der Menschen«, wie sie das Erdgeschoss nennt, und ich höre sie schreiend eine Seite Romain Rolland lesen. Sie liest einer Eule vor. Ich erkenne in diesem dunklen Bass Chelas Stimme nicht wieder.

Ehrlich, dieses Mädchen ist unangenehm; sie tut alles, um ihre Mitmenschen zu verprellen, sie ist schmutzig und flucht. Kann dieser Bass die Stimme von Chela sein? Oder ist sie besessen von etwas oder jemand Schrecklichem? Als Wissenschaftlerin glaube ich nicht an teuflische Besessenheit, Chela hält ein intensives Gefühl von Hass und Ablehnung gefangen.

Ich habe sie von ihrem Streifzug zurückkommen sehen.

Sara sagt ihr, dass ihr Vater sie unten sehen will; sie sollte sich waschen, aber sie fährt fort mit der Lektüre:

»So trägt jeder tief in sich selbst gleichsam einen kleinen Friedhof derer, die er geliebt hat. Durch Jahre schlafen sie dort, ohne daß irgend etwas sie weckt. Aber ein Tag kommt – das weiß man –, an dem die Gruft sich öffnet. Die Toten stehen aus ihrem Grabe auf und lächeln mit ihren entfärbten Lippen der Geliebten, dem Liebenden zu, in dessen Brust ihr Andenken ruht, dem Kinde gleich, das im Mutterleibe schlummert.«

Ich schaue durch einen Türspalt und sehe, dass sie der Eule vorliest, und ich kann die Gänsehaut nicht vermeiden, als ich höre: »Und wenn wir uns nicht mit den Augen im Gesicht ansehen könnten, so sähen wir uns mit jenen Augen, die wir beide kennen, und kehrten zurück aus der Asche, um zu sein, wer wir sind und beieinander zu bleiben.«

Ich muss das unterbrechen.

»Chela, ziehen Sie sich an und gehen Sie runter.«

»Was denn? Bin ich etwa nackt?«

Dem tobenden Teufel zum Trotz hole ich ein paar Schuhe aus dem Schrank, putze sie und biete sie ihr an. Als Antwort bekomme ich bloß dies:

»Leben ist nur ein Teil ... Wovon?
Leben ist nur ein Ton ... Worin?
Leben ist nur der Traum eines Traumes,
aber Wachsein ist anderswo.«

»Das ist ein Gedicht von Rilke ... Stimmt's, Chela?«

»Sie sind sehr gesellig, Señora, Sie können Rilke nicht verstehen. Sie können höchstens Gedichte aufsagen, wie so viele.«

Ich verlasse den Dachboden. Wenig später kommt sie nach unten, katastrophal schmutzig. Regt sich da ein Gefühl in ihr, als sie ihren Vater ansieht? Vielleicht etwas Gefühlsähnliches, denn der Señor Stradolini hat stark abgebaut.

Der Vater sagt: »Ich weiß, dass diese Formalitäten dir nicht behagen, aber bald verlässt du das Haus, und es ist nur recht, dass du einige Neuigkeiten erfährst.«

Señor Stradolini erwartet eine Reaktion, eine Frage, die ihm zeigt, dass seine Tochter ihm zuhört. Aber nichts.

Er fährt fort: »Du bist jetzt neun Jahre alt, aber mit der falschen Geburtsurkunde haben wir dir vier draufgegeben, also dreizehn, alt genug, um für die Oberschule ins katholische Internat zu gehen. Du und Juan Sebastián, ihr seid mein Unheil, zwei Ungeheuer sind zu viel für einen einzelnen Vater.«

Ich bemerkte, dass sich etwas in Chelas Innerem regte, etwas Dunkles wie ein Schuldkomplex.

Der Vater fuhr fort: »Mach einfach, was du willst mit deinem Leben; wenn du aufs Internat gehen möchtest, geh, wenn du eine andere Schule vorziehst, sag es mir, oder widme dich weiter der ferkeligen Faulheit zusammen mit diesem Scheißviech.«

Ich erlaubte mir eine Unterbrechung: »Sehr intelligente Kinder sind sonderbar, ich hatte noch nie eine so intelligente Schülerin wie Chela.«

Die Stradolini lieben einander nicht. Vielleicht liegt das an Chela und die Situation bessert sich, wenn sie aus dem Haus ist.

Die Mutter betrat den Raum mit Lula, ohne den Bruder, den Chela wohl kennenzulernen glaubte. Das strolchige Aussehen meiner Schülerin hatte nichts gemein mit diesen beiden Frauen.

Ich sagte: »Sehr kluge Männer und Frauen sind zerstreut und können die Etikette nicht wahren.«

Alle Aufmerksamkeit richtete sich auf Lula und Chela verlor den Rest ihres Gleichgewichts. Die Lage verschlechterte sich, als das Essen eintraf, gefüllter Truthahn. Chela weiß nicht mit Besteck umzugehen. Sie sticht auf ein Stück Fleisch ein, es fliegt ihr vom Teller.

Der Vater sagte: »Sie mag sehr klug sein, aber bei Tisch benimmt sie sich wie ein Tier.«

Lula ergänzte: »Wie ein Deibelkopf.«

Und ich: »Das lässt sich korrigieren.«

Alle verstummten.

Chela aß nichts und sprach auch kein Wort, und ich begriff, dass sie im Kreis der Familie noch nie gesprochen hatte. Sie selbst suchte diese Isolation, um ihre Eltern möglichst gründlich zu verprellen. Als das Dessert serviert wurde, warf sie ihre Serviette auf den Tisch und floh auf ihren Dachboden. Die Señora Stradolini vergoss zwei Tränchen und vergaß den Zwischenfall alsbald

Ich stieg auf den Dachboden. Chela war dabei, ihre Sachen durchzusehen und Papiere zu zerreißen, als wollte sie jede Verbindung zur Vergangenheit zerstören. Ich habe noch nie ein so verlottertes Mädchen gesehen, und hätte sie nicht die Züge ihrer Mutter gehabt und das Temperament, will meinen, ihres Vaters, hätte ich gedacht, dass es sich hier um ein adoptiertes oder angenommenes Kind handelt, das sich nicht anpassen kann.

Sie machte sich einen Plan, um ihre Zeit effektiver zu gestalten. A) Vormittags über die Felder streunen und Dinge sammeln. B) Nachmittags lesen, schreiben, nachdenken. C) Abends alles Unnütze vernichten, auch wenn es sehr schön ist. Punkt C beunruhigte mich. Das Einzige, was Chela wichtig war, war die Eule. Eine schreckliche Ahnung überfiel mich und ich hielt mich bereit zur Wachsamkeit, zur Beschattung gar, falls es nötig würde. Eines Abends hörte ich das

Tierchen niesen wie ein pipskrankes Huhn und ich sah, wie Chela ihm ein in Wasser aufgelöstes Pülverchen einflößte, Aspirin vielleicht. Dann legte sich eine bleischwere, graue Stille über den Dachboden. Chela machte sich wie immer blitzschnell davon, ein kleines Bündel in der Hand, ich betrat den Dachboden und schaute durch die Luke auf den Wall; sie vergrub etwas am Fuß des Rosenstocks. Ich erinnerte mich an andere Tiere, die vom Dachboden verschwunden waren. Das Problem wäre weit gravierender, wenn dieses Mädchen sich das Recht zu Töten anmaßte. Als Wissenschaftlerin konnte ich mir keine Meinung erlauben, ohne den Fall eingehend zu studieren. Aber ab dem Moment der Vergrabung fühlte ich mich abgestoßen, angeekelt von diesem seltsamen Kind.

Bevor ich den Dachboden verließ, nahm ich einige Papiere an mich. Ich las: »Die Schmetterlinge sind im Wind getrocknet und die Landschaft verabschiedet mich. Wozu bin ich gewachsen? Ich habe nicht um Geburt gebeten. Ich werde mich nicht von der sogenannten Gesellschaft der normalen Leute bezwingen lassen; falls sich in mir die Entwicklung vom gewöhnlichen Subjekt zur Person nicht vollzieht, Pech für sie ... Ich bin ein hochbegabtes Tier, das versehentlich in die Welt der gemeinen Menschen geworfen wurde. Ich bin eine zoomorphische Gottheit. Mein Vater nennt mich Bestie und er hat Recht. Ich lasse ihnen jetzt ihren schmutzigen, nach Suppengrün riechenden Frieden, in ihrem Esszimmer mit dem feinen Geschirr und dem komplizierten Besteck; davon verstehen sie mehr als ich. Ich habe niemanden mehr zum Austausch, denn Bertoldo wird bald gestorben sein und er weiß es, er ist niedergeschlagen und schweigsam. Ich bin ein auf dem Rücken liegender Käfer. Ich werde mich unter enormer Kraftanstrengung umdrehen. Bevor ich die Hölle verlasse, werde ich sprechen.«

Sie prophezeite den Tod der Eule. Mir wurde übel. Mit was für Giften hantierte das Kind? Was könnte sie mit Lula anstellen, wenn sie das einzige Wesen vergiftete, das sie liebte? Ich war meiner Fantasie erlegen, alle psychologische Professionalität dahin. Chela rief mich, damit ich ihr half, sich in dem kleinen Bad zu waschen, da sie das Badezimmer im »Haus der Menschen« nicht benutzten wollte. Ich fürchtete, dass sie meine Anspannung bemerken würde.

Es ist mühsam, ein langes, wenn auch dünnes Feld zu säubern, das sich selten der Hygiene unterzogen hat. Nackig und eingeseift sah sie aus wie eine geschlechtslose Puppe, wie ein junges Mannweib, dünn und unreif. Ich kämpfte mich mit dem Kamm durch ihr Haar, hüftlang und gewellt von den Flechtzöpfen, die sie immer trug. Am Ende kam ein gutaussehendes Mädchen heraus, so lange sie den Mund hielt, nicht gerade hübsch, aber ansehnlich. Oder ein frecher braungebrannter Junge. Einer, der sich im Dschungel verirrt hat und nie beim Friseur war.

Sie begann, ihre Stimme zu modulieren, das Timbre und den Ton zu suchen, nicht, dass sie im »Haus der Menschen« nach Falsett oder Posaune klang. Nachdem sie die Flagge ihrer Einsamkeit eingeholt hatte, las sie Proust, in einer Ausgabe der »Revue des Deux Mondes«, die ihr Großvater gesammelt hatte. Von ihrem hohen Intellektuellenturm herab wollte sie die Unachtsamkeit ihrer Verwandtschaft besiegen. Ich schaute über ihre Schulter in die Zeitschrift. In einem Kasten war das »Haus von Madame de Noailles« abgebildet und darunter ein Kommentar von Proust:

Kommt mit mir in den Garten,
zu schauen, ob der Wein gesprossen,
die Kräuter des Tales zu schauen.
Mein Garten hat Haine,
wo der Granatbaum sich mischt
mit den schönsten Früchten;
mit Liguster, Narde und Safran,
mit Zimt, Kaneel, Myrrhe
und allen Arten duftender Hölzer.

Chela sagte: »Ob Madame de Noailles, Hüterin der Beete, schön und distinguiert, wohl eine Art Königin war, in die Marcel intellektuell verliebt war?«

Sie seufzte: »*Hirondelle d'argent*.«

Dann sah sie mich an und fragte: »Was meinen Sie, ob ich eines Tages eine silberne Taube sein werde?«

»Vielleicht«, antwortete ich, auf der Hut.

»Wissen Sie, wer Madame de Noailles war?«

»Ja, ich kenne einige Gedichte.«

Sie wiederholte etwas, das ich mich auch schon gefragt hatte: »Glauben Sie, dass ich von meinem intellektuellen Turm herab die Unachtsamkeit der Menschen besiegen kann?«

Ich wusste nicht, was ich diesem Ding von neun Jahren darauf antworten sollte.

Sie ritt noch weiter auf der Sache mit der silbernen Taube herum: »Sie sind nicht ehrlich zu mir, ich werde nie so schön sein wie Madame de Noailles, zart wie eine *hirondelle d'argent*.«

Dieser Dialog verblüffte mich. Chela wurde danach schläfrig, ihre verträumte Aufmerksamkeit blieb auf die Zeitschrift gerichtet, und ich konnte beinahe der Fantasiereise folgen, die sie antrat, um dem hässlichen Entlein, das sie war, zu entkommen, und auch dem Ort, an dem sie hauste wie ein Vieh, um einzutreten in die Residenz der Schriftstellerin in Chambéry, und beim Spaziergang über die im 18. Jahrhundert angelegten Terrassen mit wichtigen Persönlichkeiten zu plaudern, zwischen den Türmen und den schönen, streng nach französischer Art angelegten Parks.

Plötzlich sagte sie: »Ich würde diesen wilden Landstrich mit einem riesigen Radiergummi auslöschen, dieses knallende Blau, und stattdessen den bleiernen Ton *de la Champagne* über die verrosteten Fische der Teiche gießen.«

Ich schlug vor: »Chela, mit dieser modulierten Stimme sollten Sie runter zu Ihrer Familie gehen und sich Gehör verschaffen.«

»Ich fürchte sie nicht, ich gehe runter.«

Ich sah, wie sie auf dem Weg nach unten den Mut verlor, und beim Vater angekommen, sprach sie nicht.

»Du wirst mit Sara in Narcisos Auto ins Internat fahren. Pack deine Sachen, die Truhe wird dir gleich in deinen Saustall gebracht.«

Meiner Meinung nach hat Señor Stradolini hier sehr unflexibel und hart gehandelt. Aber wie sonst hätte er sich verhalten können angesichts des furchtbaren Schreckgespenstes, das ihn mit Blicken beleidigte?

Ich ging mit ihr auf den Dachboden und durch das Fensterchen sahen wir dem Herbst bei seiner Ankunft zu; das Laub verstopfte schon die Abflüsse und vor lauter Regen und Feuchtigkeit stieg von den Sümpfen ein übelriechender Dampf wie stinkende Seide auf. In Chelas Seesack, in dem sie ihre Fundstücke sammelte, verstauten wir Bücher und Papiere, Notizhefte und allerlei anderes Zeug.

Um sechs Uhr morgens fuhren wir los und ein paar Straßenzüge vor dem Internat sahen wir die ersten Mädchen, manche zu Fuß, andere im Automobil; Chela, unerschrocken, zeigte keine Regung. Ich war aufgeregter als sie.

Im Hof führten die Nonnen eine Anwesenheitsliste. Manche schauten sich neugierig um, um ihre alten Schülerinnen zu entdecken und neue Gesichter zu sehen; die Schülerinnen, die hier bereits den Vorbereitungskurs absolviert hatten, hatten gewisse Vorteile gegenüber denen, die von anderen Schulen kamen. Sara und Narciso hoben die Truhe aus dem Auto und fuhren davon. Chela beobachtete die Mädchen, die ihre Mütter nicht fortlassen wollten, ich weiß nicht, ob mit Hohn oder Neugierde. Manche weinten. Als die Hausmutter Chelas Namen auf der Liste abhakte, sagte sie zu ihr: »Ah, die Hochbegabte.« Wir hörten spöttisches Kichern im Hof; Chela brannte vor Zorn. Sie nieste drei Mal, als hätte sie einen Schnupfen. Ein Mädchen sagte: »Wenigstens niest sie genauso wie alle.«

»Sie teilen sich das Apartment mit Analía.«

Analía war blond und aus gutem Hause. Sie nahm ihre Koffer und trug sie behände in den ersten Stock; Chela war etwas ungelenk wegen ihrer Schuhe. Als Analía ihr zur Begrüßung ein Küsschen geben wollte, streckte sie ihr die Hand entgegen. Und als wir Chelas Truhe öffneten, kam es an der Zimmertür zu einer kleinen Rangelei, weil alle sehen wollten, was das Monster im Gepäck hatte.

Sie dachten wohl, dass ein Haufen Schreckgespenster, Hasen, Eichhörnchen und Zwerge heraushüpfen würden, stattdessen kam aber nur ein Haufen geschmackloser Fetzen zum Vorschein, die Sara beim Türken gekauft hatte.

Chela war das alles schnurzegal. Analía begann, eine ganze Aussteuer von Kleidern auszupacken, die am Saum von europäischen Schneidern signiert waren, sogar ein Abendkleid.

»Hast du kein Abendkleid dabei?«

»Wollen Sie hier etwa tanzen?«

»He, wo kommst du denn her, bist du beschränkt?«

Chela konnte in dieser Gesellschaft nicht offen sprechen. Sie konnte ihrer Mitschülerin nicht sagen, wo sie herkam, denn die hätte es ihr nicht geglaubt. Ich begriff mitleidig, dass Chela in sich etwas wie ein Exil trug. Während des ersten Gesprächs, das die beiden hatten, bezeichnete Analía Chela als »beschränkt«. Wie zutreffend. Chela ist ein beschränktes Genie. (Juan Sebastián ist ein beschränkter Idiot.) Sie würde diese Gemeinschaft nicht lange ertragen, die eher gesellschaftlicher denn schulischer Art war. In Wahrheit konnte sie sich an keine menschliche Gruppe anpassen. Und da stand sie, in ihrem Zimmer des geteilten Apartments, ohne Interesse an dem Luxus, den Analía ihr zu Ehren ausgebreitet hatte.

Ich habe sie mit einer Spinne verglichen. Eine von diesen kleinen Spinnen, die in unverputzten Wänden leben und friedlich sind, bis ein freches Kind sie piesackt. Dann werden sie wütend und kommen raus. Chela sammelte Gift. Ihr Aufenthalt im Internat war tatsächlich nicht von Dauer. Die Gründe: ein bisschen ihre Unfähigkeit, sich anzupassen, und ein weiteres bisschen die Qualität der Ausbildung, die nur für normale Jugendliche taugte. Mein beschränktes Genie brauchte eine andere Ansprache.

Es gibt genügend Subjekte wie Chela, sodass der Staat spezielle Schulen für Hochbegabte einrichten sollte. Auch wenn das einen Aufschrei provozieren würde. Schulen für Hochbegabte. Das sind die unglückseligsten Anormalen, weil sie ihre Lage verstehen und in dieser Hinsicht den Minderen unterlegen sind, die sich um nichts sorgen. Chela erhielt in allen Prüfungen und Kursen die Bestnote. Und den Neid ihrer Klassenkameradinnen. Sie waren zwölf, dreizehn, zum Teil fünfzehn Jahre alt, Chela war neun.

Sie beendete ihre Klausuren, die Hochbegabte, und um sich nicht zu langweilen, schrieb sie die der gesamten Sitzreihe. Die Mitschülerinnen ließen sich was einfallen, um ihr die leeren Blätter durchzureichen. Danach gähnte sie unverhohlen, um die anderen zu ärgern. Ich wiederhole, Chela hätte sich in dieser Gesellschaft nie öffnen können. Zugleich war es unmöglich zu verbergen, dass sie von einem ungewöhnlichen Ort kam, wo sie deprimiert gewesen war und jeglichen Kontakt zur Mode verpasst hatte, nicht nur in Bezug auf ihre Kleidung, sondern auch auf ihr Vokabular und die Umgangsformen, die für Mädchen ihres Alters angemessen waren. Chela, äußerlich natürlich und primitiv, innerlich zutiefst kultiviert, war unmöglich auszuhalten.

Vor allem Analía war Nießbraucherin ihrer Fähigkeiten. »Heute müssen wir nicht für Geschichte lernen, María Micaela wird uns mit ihrem Geschwätz retten.« Und die begab sich mit Freuden in die Ära von Perikles, als hätte sie selbst in Athen gelebt; sie erklärte gern, zeigte mit Begeisterung auf den Landkarten die Entwicklung der Kriege in der Antike. Die Lehrerin taufte sie »Herodota« und Chela erschauderte, weil sie wusste, was ein Spitzname wog. Manche Lehrerinnen riefen sie nicht auf, andere übersprangen ihren Namen in der Anwesenheitsliste; im Lehrerzimmer war sie als »Klugscheißerin« bekannt und die Nonnen beäugten den möglichen Sukkubus lieber aus der Ferne.

»Warum besuchen deine Eltern dich nicht?«

Die Oberin wollte eine Bresche in die Mauer schlagen, um eine Träne oder eine andere Regung zu sehen, die ihr bestätigen würde, dass dieses Mädchen, das kaum die Bibliothek verließ, keine Leibeserziehung mochte und auch nicht tanzen konnte, dennoch ein menschliches Wesen war.

Sie wiederholte: »Warum kommen sie nicht zu Besuch?«

»Ich weiß es nicht, Señora.«

»Nenn mich Mutter.«

Chela sagte nichts.

»Du isolierst dich, suchst keinen Kontakt, fühlst du dich unwohl?«

»Nein.«

Die Nonne, sichtlich irritiert von dieser Lakonik, krallte die Finger um ihren Rosenkranz.

»Du musst dich integrieren, dich unter die Mädchen mischen.«

»Schreibt die Hausordnung das vor?«

»Was weißt du denn über die Hausordnung?«

»Ich habe sie gelesen und von Integration ist dort keine Rede.«

»Nun, ich habe hier das Sagen und du wirst dich integrieren.«

Chela lächelte durchtrieben. Die Oberin ließ nach Analía rufen. Danach bestellte sie Chelas Vater ein und wartete vergeblich auf ihn. Sie bestimmte, dass Chela wegen Integrationsverweigerung in jedem Fach eine Note abgezogen werden und sie in Leibeserziehung durchfallen sollte. Chela entschied trotzdem, die Ferien im Internat zu verbringen. Die Oberin rief mich zu sich und unterzog mich einem Verhör, wie nur eine Nonne es führen kann: nichts von Wichtigkeit oder Bedeutung, aber ich verstand, dass Chela als Störfaktor wahrgenommen wurde und dass die Oberin einen Vorwand finden würde, um ihn auszumerzen.

Sie sagte: »Sie will in den Ferien die Schule nicht verlassen. Sie möchte stattdessen mit Ihrer Hilfe die Abschlussprüfungen für die letzten beiden Schuljahre vorbereiten und direkt ablegen. Es wird schwierig, ihr das zu bewilligen.«

Ich antwortete, dass es mir keine Umstände machen würde, mit dem Mädchen die Sommermonate in der Schule zu verbringen und dass ich versuchen würde, sie von ihrem Vorhaben abzubringen, die Abschlussprüfungen ohne Unterrichtsbesuch abzulegen.

Ich wusste, dass mir das nicht gelingen würde, denn Chela hatte fixe Ideen.

Es wurden drei entbehrungsreiche Monate für mich, tagein, tagaus in der Bibliothek, nichts als kurze Pausen für die Mahlzeiten. Chela war so motiviert, beinahe glücklich, dass ich mich nicht traute, ihr zu sagen, dass ihr Gesuch abgelehnt werden würde. Ob sie es geahnt hat? Sie nahm die Absage gelassen. Und in drei Monaten pflegte sie keinen Umgang und sprach mit niemandem außer den Büchern. Die Bibliotheksschwester wusste, wie Chela mit den Büchern sprach, wie sie sie behandelte und wie oft sie sie die Leiter hoch und runter schickte.

Die anderen Mädchen kamen mit Sommer und Liebe auf der Haut zurück, denn außer Strand hatten sie auch Romanzen genossen. Kichernd und kreischend teilten sie ihre Geheimnisse von Draußen. Während Meergeruch und Gebirgsmagie aus den Gesprächen der Zurückgekehrten strömten, überdachte Chela ihren abgelehnten Antrag und kam zu dem Schluss, dass es für sie in dieser Atmosphäre weder Raum noch Hoffnung gab. Sie entschied, dass Analía in diesem Jahr keinen Nutzen aus ihrem Wissen ziehen würde. Die gesellige kleine Hexe kam dahinter und zog in den kalten Krieg.

»Die Mutter Oberin hat mich gebeten, sie über ein gewisses Persönchen zu informieren.«

Analía war Tochter von Viehzüchtern von geringem Stand. Sie sagte »Viehzüchter«, weil sie eine Handvoll Felder und ein paar Tiere hatten. Sie kannten María Micaelas Familie. An diesem Punkt des Geschehens wusste Analía mehr als Chela, bis hin zu den Einzelheiten der Vorgänge im Herzen des Hauses Stradolini.

Ich bemerkte, dass Chela sehr gut aß, vollkommen ungerührt von der Zwinkerei und den Zeichen, die die Mitschülerinnen ihr widmeten. Was wird Analía melden?, fragte ich mich.

Und alle möglichen Vergehen fielen mir ein: Eigenbrötlerei, Verhöhnung der faulen und prügelnden Lehrerinnen, Aufbewahren von griechisch-römischen Aktbildern in den Schulheften, Besitz der Zeitschrift *Deux Mondes*, Rauchen.

»Was willst du der Nonne tratschen?«, fragte Chela Analía.

»Die Wahrheit und nichts als die Wahrheit, ich tratsche nicht.«

»Du bist so dumm wie ...«

Chela konnte den Satz nicht beenden, denn die Hausmutter ging dazwischen: »Du, María Micaela, begehst die Sünden des Stolzes und der Eitelkeit.«

»Es gibt schlimmere Sünden, zum Beispiel das Anstiften zur Denunziation.«

»Was willst du damit andeuten?«

»Fragen Sie die Obrigkeit.«

»Du meinst wohl die Mutter Oberin?«

Die Nonne schwitzte und der Schweiß staute sich auf seltsame Weise auf ihrer Oberlippe.

Chela röhrte: »Wischen Sie sich den Schweiß vom Bart!«

Die dicke Hausmutter wischte sich die Oberlippe ab und ging weinend fort. Bevor sie den Raum verließ, stieß sie in Richtung Chela aus: »Du bist ein Tier!«

Sie hatten geschafft, was sie sich schon lange vorgenommen hatten ... Bei einem Kommandoeinsatz wurden aus Chelas Wohnung entfernt: *Die Gesänge des Maldoror*, *Ein Aufenthalt in der Hölle*, *Leuchtende Bilder*, *Die Blumen des Bösen*, die Sammlung französischer Zeitschriften, ein voll beschriebenes Notizbuch und zwei Päckchen Zigaretten.

Señor Stradolini wurde einbestellt, entsandte jedoch Sara.

Wir befanden uns inmitten des Schuljahres und die Vorbereitungen für das Frühjahrsfest waren schon im Gange; die Schachteln mit den Kleidern trafen ein, einige mit dem Schriftzug »Paris-Rom« versehen. Geschenke für die Schule wurden geschickt.

Ich wusste, dass Chela dieses Jahr wegen dem Punktabzug und dem Durchfallen in Leibeserziehung nicht zur Jahrgangsbesten gekürt werden würde. Ich bat um eine Audienz bei der Oberin, weil Chela mit ihr sprechen wollte. Sie wurde uns gewehrt.

»Señora, wann bekomme ich meine Bücher, meine Aktbilder, meine Zeitschriften und Zigaretten zurück?«

Ich hätte im Boden versinken wollen.

Die Nonne quetschte die Perlen ihres Rosenkranzes: »Du bist ein kleiner Teufel ... und Sie, Señorita Assuri, haben hierfür eine Audienz erbeten? Sie werden im nächsten Jahr beide nicht mehr hier sein.«

Just an diesem Nachmittag kam Sara. Sie sprach mit der Oberin und fuhr wieder ab, ohne uns Hallo zu sagen.

Da das Fest nahte, lag auf Analías Bett ihr Kleid aus gelbem Organza mit gesmokter Brustpartie und Spitzenbesatz am Ausschnitt.

»Gefällt es dir?«, fragte sie Chela.

»Dumme Petze.«

Analía versuchte, sie zu kratzen und Chela verpasste ihr einen Schlag in den Magen, dass sie sich krümmte.

»Was für einen Mist hast du der Nonne erzählt?«

»Du bist genauso verrückt und entartet wie dein Bruder, der Zwerg, ihr seid Abschaum, denkst du etwa, das weiß keiner?«

Ich sah, wie Chela taumelte angesichts der Wucht dieser Nachricht. Und die andere setzte noch nach: »Deine Mutter ist wieder schwanger und wird noch einen Irren gebären.« Ich konnte die Wut dieses Wesens nicht kontrollieren. Chelas Kraft war die eines losgelassenen Käfigraubtiers. Sie schubste mich zur Seite und stürzte sich auf Analía. Ich hörte ein makabres »Knacks« brechender Knochen. Sie brach ihr einen Arm und wollte ihr auch das Genick brechen, packte sie von hinten an den Haaren, ihr Knie zwischen den Schulterblättern der anderen. Ich rief um Hilfe. Zwei junge Nonnen kamen und konnten nichts bewirken. Ein Hurrikan fegte durch den Raum und die Gewänder flogen wie mittelalterliche Umhänge. Das Biest war immer noch in Analía verbissen. Der Beichtvater Ariel kam und versuchte, dieses dramatische Ganze zu entwirren, das die beiden Kinder formten. Er vermochte es nicht. Der Gärtner kam und schlug auf Chela ein, die von Analía nur abließ, um mit ihm den Kampf auf Augenhöhe fortzusetzen. Das wurde genutzt, um die halbtote Analía aus der Gefahrenzone zu schaffen. Chela war binnen einer Minute wieder komplett hergestellt. Analía auf der Krankenstation. Ich hatte schreckliche Kopfschmerzen.

»Was mache ich denn jetzt«, sagte die Oberin, »wenn die Eltern das erfahren, nehmen sie uns die Mädchen weg.«

Man entschied, mir die Bürde zu übertragen, und schickte mich auf die Quinta, um zu erwirken, dass Chela umgehend abgeholt würde.

Der Señor Stradolini unterschätzte das Vorkommnis und sagte, er käme, sobald er Zeit hätte.

Chela wurde in eine Kammer gesperrt, in der eine Truhe und ein Skelett standen. Sie brach die Tür auf und erschien wie ein wütendes Monster. Statt anzugreifen, rezitierte sie mit dieser tiefen, männlichen Stimme vom Dachboden Verse von Rimbaud:

Ich bin der Sklave meiner Taufe.
Eltern, ihr habt mein Unglück bewirkt und das eure.
Arme Unschuldige ...
Priester, Professoren, hohe Herren vom Rate,
ihr irrt euch, mich der Gerichtsbarkeit zu übergeben.
Ich war niemals von diesem Volke da,
ich bin von der Rasse, die auf der Folter sang.
Ich begreife das Gesetz nicht,
ich habe keinen Sinn für Moral.
ich bin ein Vieh;
ihr irrt euch.

Niemand im Hof. Ich war allein zurückgeblieben. Pater Ariel kam Schritt für Schritt näher. Wusste er nicht, dass er sich einem Abgrund näherte, aus dem er nicht würde wieder auftauchen können?

»Kind, María Micaela.«

»Fahren Sie zur Hölle.«

»Was soll ich an einem so hässlichen Ort?«

Das Monster lächelte den Priester an, der Priester holte ein Zigarettenetui aus seiner tiefen Tasche und bot Chela eine an, sie akzeptierte und beide setzten sich zum Rauchen auf den Boden.

Ariel sagte: »Ich habe ein Geschenk für dich von deinem Papa.«

Er gab ihr einen Umschlag.

»Wie du siehst«, fuhr er fort, »zwei Tickets nach Europa, das zweite ist für María Assuri.«

»Können Sie meinen Vater bitten, mich den Sommer über auf der Quinta bleiben zu lassen?«

Ich erinnere mich an die Rückkehr auf die Quinta. Seither lebt Ariel dort. Ich kehrte zwar mit ihnen zurück, war aber am Ende meiner Kräfte und wollte kündigen; ich merkte, dass Chela gewachsen war, sie war ein Fräulein von zehn Jahren. Am Abend sollte ich mit den Stradolini essen. Im Speisesaal offenbarte mir ein venezianischer Spiegel an der langen Wand das ganze Szenario: Chela sah beinahe hübsch aus in ihrem plissierten Rock und der Spitzenbluse, dazu weiße Schuhe mit kleinem Absatz. Bald wird sie aussehen wie diese schlaksigen Frauen, die Modigliani gemalt hat. Lula war acht und half, den Tisch zu decken; die Mutter, wieder schwanger, hatte Juan Sebastián an der Hand. Der Vater war auffällig gealtert, Camelia, eine Freundin des Hauses, war auch anwesend. Juan Sebastián, fünf Jahre jünger als Chela, sah aus wie ein Figürchen aus einem Krippenspiel. Er war ein schwachsinniger Zwerg und schnurrte »Mmm ... Mmm ... Mmm ...«; es war abstoßend, er sabberte vor lauter Hunger. Chela, die ihn gerade erst kennengelernt hatte, musste sich wohl an ihre Röteln erinnern.

Es war ein stilles, ja, angespanntes Mahl, beinahe schon vorüber, als Señor Stradolini die Reise erwähnte. Ich bot an, bei Chela auf dem Dachboden zu übernachten und erwog die Möglichkeit, meine Kündigung aufzuschieben, die reine Vorstellung einer Reise nach Europa reizte mich.

Ich wollte ihre Aufmerksamkeit gewinnen mit einer Rückkehr zu den Seiten der *Revue des Deux Mondes* und zu dem Madame de Noailles gewidmeten Artikel von Marcel Proust.

Wir duzten uns mittlerweile, also fragte ich sie: »Willst du nicht mehr mit einem großen Radiergummi diesen Himmel und seine knallende Sonne auslöschen, um *la Champagne* über den Teich mit seinen verrosteten Fischen zu malen?«

Sie sagte matt: »Ich werde nie eine *hirondelle d'argent* sein.«

Hätte ich geahnt, was sie ausheckte, wäre ich ihr auf den Acker gefolgt an dem Morgen, als sie auf den Pflug kletterte und mit den Scheren Keimlinge zerschnitt und Erde aufwirbelte. Der Wagen kippte um und begrub Chelas Arm unter sich, ich hörte ein düsteres »Knacks« wie damals bei Analía. Das Desaster wurde zusammengeflickt und sie bekam einen Gips und eine Schiene, deren Schatten auf dem Dachboden mit der Harfe in der Ecke harmonierte. Sie würde nicht verreisen können.

Abends, im Dämmerlicht auf ihrem Dachboden, meinte ich das »Hu... Hu... Hu...« zu hören, das Heulen der Eule.

Sie sagte: »Ich habe Bertoldo nicht umgebracht, ich habe nur geholfen, ihn vor künftigem Leid und Einsamkeit zu bewahren.«

Ich gab vor, sie nicht zu verstehen, als wäre ich im Halbschlaf: »Was ist los, Chela?«

Es folgte eine langsame, angstgefärbte Stille, die Dinge des Dachbodens kamen unter einem spirituellen Einfluss, den ich nicht in Gänze begreifen konnte, in Bewegung. Zart erklang die Harfe, als ließe eine Goldspitze die Saiten erzittern, und der seidene Umhang, der sie bedeckte, fiel wie ein verstorbenes Gassenkind.

Vielleicht war es der Einfluss eines Glases zu viel, vielleicht die seltsame Luft auf diesem Dachboden, was mich jenes »Mmm... Mmm... Mmm...« als Gesang des Sommers interpretieren ließ. Aber plötzlich sah ich dieses zwergische Kind, es war die Leiter hochgeklettert, sprang auf mein Bett und biss mich. Chela begann, mit ihrer Schiene gegen die Wand zu schlagen und der sich lösende Gips befreite ihren Arm.

Deshalb bin ich gegangen. Deshalb habe ich meine Arbeit aufgegeben, lange bevor sie getan war. Denn ich bin eine Frau der Wissenschaft und keine Exorzistin.

Der Wettbewerb

Ein halbes Jahrhundert später lese ich die Zettel, die María Assuri mit »Bericht« betitelt hat; wie viele Fehler, welche Unkenntnis der Psyche und ihrer lichten Zonen und der dunklen und von überhaupt allem. María war keine Psychologin, sie war »Psychologielehrerin«, eine halbgebildete Dozentin.

In derselben Truhe wie zuvor fand ich verblichene Reste von Glanzbildern, und auch wenn María Assuri ungerecht war, versüßten all die trockenen Blätter und Kärtchen mit Veilchensträußen mein Herz, ohne es zu verkleben. Ich glaube nicht, dass ich Analía mit solchem Groll geschlagen habe, ich jedenfalls erinnere von dem Geschehen bloß ein Gerangel auf dem Boden, ein Handgemenge und das »Knacks«. Ich werde mich nicht mit der Analyse besagten Berichts aufhalten.

Juan Sebastián kam auf den Dachboden und beschloss, dort zu leben, er wählte mich aus und ich nahm seine Wahl an, wir adoptierten einander, weil wir beide anormal waren.

»Ich werde dir das Denken und das Sprechen beibringen.«

»Mmm… Mmm… Mmm…«

Er verstand.

Sara schaffte Marías Bett nach unten und Juan Sebastiáns Wiege nach oben; wir gewannen Platz. Ich besorgte mir Bücher, um die fehlenden Prüfungen der Oberstufe abzulegen und mich dann an der Universität einzuschreiben.

Ich wiederholte für meinen kleinen Bruder: »Che… la«, ich wollte, dass jemand Geliebtes mich beim Namen nannte.

Juan Sebastián betrachtete meine Lippen so aufmerksam wie ein Hündchen, das seinen Herrn zufriedenstellen möchte; ich wiederholte: »Che…la«.

Angesichts der Schwierigkeit oder Unmöglichkeit der Ausführung versteckte er sich beschämt.

Meine Liebe für Rimbaud trieb mich, zwecks Katharsis oder aus Resignation, zu seiner Lektüre; und natürlich las ich auch für Juan Sebastián, der mir mit Bewunderung zuhörte.

Unvermutete und vollkommene Wesen
werden sich deinen Versuchen weihen …
Magische Blumen werden brummen,
in den Böschungen gewogen,
Geister von unsagbarer
aber unsäglicher Schönheit.

Und dann schwebte es durch das traurige Dämmerlicht: »Ja … Ja … Che…la.«

Mein Bruder klatschte in die Hände, weil der unerhörte Rhythmus des Verses, einer der wenigen wahren Verse der Weltliteratur, irgendeine verstummte Saite anklingen ließ, den Ton der Stimme und des Wortes zutage förderte.

Stimme und Wort flossen über die kurvige, die erhabene Partitur dieses seltsamen Gedichts des reinsten Dichters, der je existiert hat.

»Ja … ja … Che…la.«

Mein sabbernder Bruder, ein abscheuliches Viech, applaudierte aus seiner Höhle ohne Gegenwehr dem Licht, der Schönheit, der Perfektion. Und er gab seinen zwei Wörtern ihren ersten Auftritt, hüpfte wie eine Katze über den Dachboden und schlug Haken wie ein Hofnarr.

Seine Spucke hinterließ eine üppige Schneckenspur vom Bett bis zum Bücherregal.

Ich gab ihm eine Aufgabe: die Papierkugeln aufsammeln, die ich auf den Boden warf, und in den Papierkorb werfen. Das gefiel ihm und er wirkte wie ein alter Müllsammler, der seine Arbeit fehlerfrei verrichten möchte. In gewisser Weise war Juan Sebastián der Bote einer Nachricht, die für eine Weile mein Glück bedeutete: Alle Zeitungen und Zeitschriften, die Sara unter der Tür durchschob, gingen durch Juan Sebastiáns Hände, der sie mir, nicht ohne Mühe, brachte. In einer dieser Zeitungen stand die Nachricht über den Literaturwettbewerb für junge Autoren. In einem Kasten: »Wettbewerb Roux-Verlag für junge und angehende Autoren«. Der Preis bestand in der Veröffentlichung des Werks.

Aus Höflichkeit schlug ich meinem Bruder vor, dass wir eine Novelle schreiben sollten und er stimmte mit seinen zwei Wörtern zu. Als ich fertig war, las ich sie ihm vor und er hieß sie gut: »Ja … Ja … Che…la.« Ich ging auf die Post und sandte sie ein.

Was María über Pater Ariel erzählt, ist wahr. Er lebt immer noch auf der Quinta. In den längst vergangenen Zeiten mit Juan Sebastián sah er zu, wie wir auf Bäume kletterten und Insekten verfolgten, Guitarreros von schönen metallischblauen Tönen fingen, Käfer so schlank wie mittelalterliche Spielmänner, die wir gefangen zwischen zwei Händen zum Singen brachten und unter dem tiefblauen Sommerhimmel von Buenos Aires wieder freiließen. Er sah uns dabei zu, wie wir von den Grills der Markthändler Fleisch stibitzten, aus Jux und Tollerei und aus Hunger, weil sich niemand mehr um uns kümmerte.

Il testone ostinato nannten ihn die italienischen Arbeiter, *el cabezudo* die Spanier. Der Dickschädel. Mein Bruder wirkte Jahr um Jahr ungeheuerlicher. Das war er. Die Zeit der Libellen verging, die Früchte und alles Grün mäßigten sich; mein kleiner Bruder war fast Kind, fast Insekt, fast Frucht, fast Blume und teilte diese Vergänglichkeit. Und von diesem paradiesischen Bild mit Kobolden und Manen würde ein Gestammel bleiben, ein Summen, ein Duft, eine Trunkenheit. Unsere Existenz auf dem Speicher hatte einen schäbigen Beigeschmack, wir bewegten uns wie Echsen, geräuschlos, wenn ein Düftchen etwas zu essen versprach, wir tauchten gemeinsam in eine Futterstelle für Vögel ein oder versenkten uns wie Schafe in die Tränke. Aber es gab Freudenschreie, wenn die Stahlnadel über die Oberfläche der Mozart- und Beethoven-Platten zog, und wenn Juan Sebastián seine zwei Wörter aussprach. Wenn er schnurrend wie ein Kätzchen schlief, bereitete ich meine Prüfungen vor. Ich betrachtete sein schmutziges Nachthemdchen, seine winzigen Füße, die zu Liliputbeinen gehören zu schienen, die riesige Kuhle, die sein Kopf im Kissen hinterließ. Und ich wusste, dass all dieses Grauen eine wunderbare Seele beherbergte.

Unser einzigartiges Waisentum war gepaart mit den grotesken Figuren der Nacht wie eine Dürre, eine Klage an einem blinden Ort.

Und wir ergänzten einander; ich, die ich nie irgendjemanden gebraucht habe; er, der alle brauchte und nur mich hatte, um seine Eitergrinde zu heilen, seine Wehwehchen, seine Schürfwunden, seine nächtlichen Fieber und Schrecken, die ihn aus seiner Wiege rissen wie der Sturm einen Sperling aus dem Nest.

Manchmal weckte ich ihn, weil ich ihn schüttelte vor lauter Angst, dass er gestorben sein könnte, so flach ging sein Atem. Ein Gedicht von Rimbaud half mir dabei, das Puzzle unserer Leben zusammenzusetzen, dessen Teile im Einzelnen bedeutungslos zu sein schienen, und die durch die Verbindung von gewölbten und gehöhlten Rändern ein verständliches Ganzes ergaben:

Am Heck mein trübes Herz muss speien,
mein Herz mit Unrat zugedeckt.
Dort schmeißen sie mit ihren Breien.
Am Heck mein trübes Herz muss speien.

Es vergingen Wochen, ohne dass Sara zum Putzen auf den Dachboden kam, und auch wenn mein Bruder sich bemühte, Papier einzusammeln, ekelte uns der schweinkramübersäte Boden an, allerdings nicht so sehr wie die gewienerten und von Teppichen bedeckten Böden im Haus der Menschen.

Eines Tages kam Sara mit einer Nachricht.

»Eure Eltern reisen nach Frankreich mit den Tickets, die du nicht genutzt hast, Lulita tritt bei den Karmelitern ihr Noviziat an und da Señorita María gegangen ist, werde ich mich um Juan Sebastián kümmern.«

»Das werden wir ja sehen …«

Juan Sebastián, an meinem ausgeblichenen Hosenbein hängend, sagte gehetzt seine zwei Wörter auf.

Sara wiederholte: »Ich werde mich um den Jungen kümmern.«

Ich schrie: »Willst du uns wohl in Ruhe lassen?«

Die Alte verstand, dass ihre Unversehrtheit gefährdet war.

Nach der Abreise unserer Eltern nahmen wir das Haus in Besitz. Wir stürmten die Küche und die Köchin floh, wir schnappten uns die Wurstwaren an ihren Haken und bissen die Spitzen ab, wir kauten die Haut der Salami und spielten Fußball mit den Käserädern. Wir aßen wie nie zuvor. Die Köchin weinte im Hof und Juan Sebastián wischte sich die Rotze an ihrer Schürze ab, danach schubsten wir sie in die Kammer und hauten sie. Mein kleiner Bruder schlitterte über die Anrichte, mit der Gewandtheit eines Wintersportlers glitt er von einem Ende zum anderen und ich tat es ihm nach.

Wir rächten uns an dem Ort, wo die Nahrungsmittel verwahrt wurden.

Als Alleinherrscher über das Haus der Menschen jaulten wir in der Nacht wie Wölfe und wälzten uns in Lulas reizendem Schlafzimmer, auf der weißen Bettdecke, dem initialienbestickten Kissen, dem hübschen blauen Teppich.

Sara fragte entsetzt: »Wollt ihr etwa hier schlafen?«

»Eine Nacht hier, eine da ...«

»Ihr werdet mich noch vertreiben.«

Sie schluchzte wie ein kleines schwarzes Kind. Dann schloss sie sich in ihrem Zimmer ein, wir hörten das »Klick« der Nachttischlampe und das »Klack« der Stricknadeln. Ich ließ mir einige Lehrsätze des vorletzten Schuljahrs auf der Zunge zergehen, mein Bruder hüpfte wie ein Hampelmann auf der weichen Matratze herum. Ich lernte mehrere Lehrsätze, mein Bruder hüpfte die ganze Zeit.

Dann schlug ich vor: »Lass uns Sara erschrecken.«

Er applaudierte. Wir gingen durch den Flur in den Hof. Was plagten uns die Mücken ... Das Haus hatte – und hat – Fenster wie eine Kirche. Aus einer Ecke beobachteten wir die Schwarze in ihrem weißen Nachthemd und ihrer weißen Haube; sie strickte nicht mehr, sie las in ihrem Gebetbuch und bewegte dabei die dicken Lippen, Teufel exorzierend. Sie knipste das elektrische Licht aus und entzündete die Silberlampe, deren Bauch einen Tanz von Nymphen und Faunen zeigte – und zeigt. Wir Viecher vom Dachboden dachten uns Gemeinheiten aus, während die Mücken uns die Beine zerstachen. Plötzlich bemerkte Sara unsere Blicke; drehte den Kopf genau in unsere Richtung und bekreuzigte sich.

Ich sagte zu meinem Bruder:

»Hol das Horn.«

Der Kobold ging den Weg retour und übergab mir bei seiner Rückkehr das Horn des Phonographen, und durch dieses rezitierte ich einige Verse von Maldoror, die ich auswendig kannte, gespickt mit einigen meiner eigenen Ernte, die sie verständlicher und furchterregender machten:

O Lampe mit silbernem Bucchero,
meine Augen erblicken dich,
Gefährtin der Kathedralengewölbe im Schatten,
und suchen zu ergründen warum
du diese dreckige Schwarze erleuchtest.
Wirst du genötigt,
diesem Abschaum zu dienen?

Den Chor im Hintergrund bildete das Gejaul des Jungen, dessen Äuglein glänzten wie Bertoldos. Ich fuhr fort:

In der Hand hielt sie
den verwesten Rumpf
eines toten Menschen
und führte ihn abwechselnd
von den Augen an die Nase
und von der Nase an den Mund.
Das isst Sara,
Grabesfleisch.

Es gelang ihr nicht, die Fensterläden aus Kastanienholz zu schließen, sie war eine erstarrte Wachspuppe, ein Astrachan-Lämmchen auf der Schlachtbank. Ihr hysterisches Geflenne stachelte uns an. Ich sang mit der tiefen, hohlen Stimme der Höhlenbewohner:

Zwischen den Gitterstäben
werden wir hindurchschlüpfen
dich in Stücke schneiden
und dann ver-schlin-gen.

Juan Sebastián drückte sein Mondgesicht gegen die Scheibe und Sara fiel auf dem Esparto-Teppich in Ohnmacht. Wir kehrten auf den Dachboden zurück. Ich übte Mathematik bis vier Uhr morgens. Mein Brüderchen schlief. Der goldene Engel der Harfe vibrierte. Ich deckte meinen Bruder mit dem Seidentuch zu.

Am nächsten Morgen brachte der Postbote eine Nachricht, die uns erfreute: Absender »Verlag Pastor Roux«, adressiert an Señorita María Micaela Stradolini.

Ich sagte zu Juan Sebastián: »Am Dienstag soll ich kommen und heute ist schon Montag.«

»Ja … Ja … Che…la.«

Auf einem Stadtplan von Buenos Aires fand ich den Verlag. In meinem Schrank suchte ich etwas zum Anziehen und entdeckte ein hellblaues Kleid, plissiert, mit Perlen; ich wusch die weißen Schuhe mit dem kleinen Absatz und trocknete sie eingewickelt in eine Decke. Ich duschte, kämmte mir das Haar, übergoss mich mit einer ganzen Flasche Agua Florida. Um sieben Uhr früh war ich fertig angezogen, steckte vierzig Pesos aus der Schreibtischschublade meines Vaters in eine lederne Handtasche und ging zum Bahnhof. Ich kaufte ein Ticket nach Buenos Aires.

Mir war etwas schwindelig. Die Nerven …

Ein paar Jungs sagten: »Was für ein hässliches Entlein.« Ich war kaum zwölf Jahre alt, aber sehr groß für mein Alter. Im selben Waggon saßen einige Frauen aus der Nachbarschaft.

»Das ist die Älteste von den Stradolini.«

Ich kannte die Nachbarinnen: Das waren die alten Mendizábal.

»Sind es drei oder vier?«

»Drei. Das Letzte hat sie verloren.«

»Ich sag's ja immer, Geld macht nicht glücklich.«

Ich spitzte die Ohren: »He, erinnerst du dich an den Großvater? Er hat in Paris gelebt.«

»Da hat er sich doch die Syphilis eingefangen.«

Die Alte mit dem losesten Mundwerk ging auf die Toilette und ich hinterher. Um sich den Mund auszuspülen nahm sie ihr Gebiss raus und legte es neben das Waschbecken. Mit meiner Tasche striff ich die ekelerregenden Beißer und stellte meinen Fuß drauf, als sie am Boden lagen. Ich hörte ein »Knacks« wie von gebrochenen Knochen. Die Alte sammelte die Teile wimmernd auf. Mit gerunzelter Visage stöhnte sie: »Schau doch nur, was du getan hast …«

»Verzeihung, das wollte ich nicht.«

Zufrieden ging ich pinkeln. Den Ausflug in die Hauptstadt habe ich ihnen vermasselt, bei irgendeiner Station stiegen sie aus. Was hätte ich mir gewünscht, dass mein Bruder dabei gewesen wäre.

Ich überprüfte auf dem Stadtplan die Adresse des Verlags. Dann spielte ich mondäne Städterin, machte einen Schaufensterbummel und trank einen Kaffee. Rauchte eine Zigarette. Um zehn kam ich beim Verlag an und wurde gebeten zu warten. In einem weichen Sessel aus grünem Leder döste ich ein.

»Wie kann ich helfen, Kind?«

So lernte ich Roux kennen, er hatte einen Bart und war Franzose. Ich sagte, warum ich gekommen war und sah, dass mein Alter ihn überraschte.

»Bist du mit deinen Eltern da?«

Ich erklärte ihm, dass sie auf Reisen waren.

»Hast du schon zu Mittag gegessen?«

Er lud mich zum Essen ein und trank Cognac, während ich aß.

»Finden Sie mich sehr jung?«

»Ich hätte nicht erwartet, dass du so jung bist.«

»In der Ausschreibung stand kein Mindestalter.«

»Du hast den Wettbewerb gewonnen.«

Wir kehrten zurück zum Verlag und er ließ ein Exemplar meiner Novelle bringen, die im Druck so verschlankt worden war, dass sie eher wie eine Broschüre aussah.

»Wie auch immer, du bist ein Kind und ich muss mit deinen Eltern sprechen.«

Er begleitete mich zum Bahnhof und kaufte mir zu meinem Fahrschein noch eine Schachtel Pralinen, die aussah wie aus Silber, und einen Strauß Rosen. Er gab mir kein Küsschen. Ich merkte, dass er Sorge hatte, ich könnte mich in ihn verlieben.

Ich saß im Sieben-Uhr-Zug, rauchte eine Zigarette und fühlte mich ziemlich sensationell, wie Greta Garbo. Ich hatte einen Strauß Rosen im Arm, eine Pralinenschachtel, eine Kiste voller Bücher … meiner eigenen Bücher … etwas, das mir gehörte, was für ein sonderbares Gefühl.

Meine Seele frohlockte, süß wie ein Honigbonbon. Das muss wohl das Glück sein, dachte ich.

Ein paar Jungs sagten: »Was für eine Schönheit.« Kann man sich so verändern auf einer Tagesreise?

Es war schon dunkel, als ich auf die Quinta zurückkam. Juan Sebastián erwartete mich sehnsüchtig, ich gab ihm die Pralinen. Er verzuckerte die Luft und schmierte alles mit Schokolade voll. Dann öffnete er das Paket mit meinen Büchern (unseren Büchern), stapelte sie und sprach seine zwei Wörter. Ich verstand, dass auch er glücklich war. Ich fühlte mich schlecht, weil ich ihn für einige Stunden allein gelassen hatte. Es fiel »ein so zarter Regen / es scheint kein Regen zu sein«, ganz wie López Merino schreibt. Wie ein Narr tanzte mein Bruder zum Rhythmus der Tropfen auf dem Dach.

Anfang 1934 kamen meine Eltern aus Europa zurück. Ich für meinen Teil musste nur noch drei Prüfungen ablegen, bevor ich mich an der Universität einschreiben konnte. Ich legte die Prüfungen weiterhin ohne Schulbesuch ab. Und ich bestand alle. Señor Roux kam auf die Quinta, mein Vater warf ihn in hohem Bogen raus. Es wurde vereinbart, dass Pater Ariel, der sich schon auf der Quinta eingerichtet hatte, eine »intellektuelle Vormundschaft«, wie wir es nannten, für mich übernehmen würde. Die kleine Novelle habe ich lange danach mit Sagans *Ein gewisses Lächeln* verglichen, sie war meine frühreife Tochter.

Ariel sagte: »Lasst uns dem Herrn danken.«

Wir brachen auf zur Kapelle. Pater Ariel und Señor Roux unterhielten sich über religiöse Ikonen, und als der gute Verleger das Bild des Heiligen sah, der mit dem Zeigefinger an den Lippen um Ruhe bittet und einen Stab in der Linken hält, erinnerte er sich an seine Geburtsstadt Paris:

»Das ist Saint Michel.«

Zu Füßen des Bildes windet sich ein sterbender Drache.

Ich fragte: »Warum verletzt er ihn?«

Señor Roux erklärte: »Das ist eine alte Pariser Geschichte.«

Die kannten wir nicht.

Señor Roux holte aus: »Wegen den Frauen geschehen immer wunderbare und ungeheuerliche Dinge. Es schlief einst eine Schlange an einem geeigneten Ort, zwischen den Steinen im Gemäuer von Notre-Dame. Zu jener Zeit starb die Sündige Herzogin und wurde in einem Grab ganz in der Nähe des Nestes der großen Schlange beigesetzt. Das immerhungrige Reptil verschlang den Körper der Herzogin, der es im Leben schon die Seele geraubt hatte.

Da ein menschlicher Körper vier Glieder besitzt, muss ich nicht erläutern, wie der Drache, der hernach viele Jahre lang sein Unheil in der Stadt trieb, zu seiner Form kam. Also öffnete der Erzengel Michael das Grab und tötete das Ungeheuer mit seinem Stab. Er wahrte Stillschweigen über den schlimmen Vorfall, woran das Bild mit dem Finger auf den Lippen erinnert.«

Ariel: »Wir dachten, es bezöge sich auf das Beichtgeheimnis.«

Roux: »Die Kirche birgt so manches Geheimnis.«

Wie durch ein Wunder begann eine gute Zeit für mich, ich schrieb für mehrere Zeitschriften, für *El Día* und *El Argentino*, Zeitungen aus La Plata. Mein Vater erkrankte an Brustenge. Als er mich in sein Büro rief, bekam ich wieder Panik.

»Du bist eingebildeter und arroganter denn je. Wo hat

man sowas schon gesehen, eine Intellektuelle von Rang, die denselben Napf zum Essen wie zum Scheißen benutzt?«

Es amüsierte mich, das Wort »Scheißen« aus dem Mund meines Vaters zu hören, der umhüllt von Schnauzer und Bart rote Lippen offenbarte, als er das »Sch« aussprach. Beinahe hätte ich laut losgelacht. Und dann traute ich mich: »Papa, du kannst mir nichts anhaben, du bist tot.«

Der Alte begann zu zittern. Ich flüchtete und pinkelte auf der Wendeltreppe zum Dachboden ein. Die wachsende Panik raubte mir den Atem. Fünf Tage, nachdem er meine Stimme zum ersten und letzten Mal gehört hatte, starb mein Vater.

Sara sagte: »Bring deinen Bruder nicht mit zur Totenwache, komm alleine runter.«

Ich ging zu meinem Bruder: »Papa ist gestorben.«

»Ja … ja … Che…la.«

Ich nahm ihn mit runter ins Haus der Menschen. »Mmm … Mmm … Mmm …«, beweinte er seinen Erzeuger. Plötzlich hob er den Kopf und sah mich an, bemerkte meine ungetrübte Stimmung. Da sprang und hüpfte er umher und pinkelte an ein Stuhlbein. Sara wollte ihn einfangen und er spuckte sie an. Dann biss er eine Frau. Lula wurde ohnmächtig und ein paar Nonnen retteten sie. Ich schnappte ihn mir und während er mit mir rangelte, machte der Arme noch etwas Festeres als Pipi.

Was lachten wir auf dem Dachboden, als wir das Gemurmel der Gebete für die mögliche Seele unseres Vaters hörten.

Señor Roux kam in seinem neuen Auto und wir machten einen Ausflug zum Friedhof.

Vor uns fuhr eine Karawane Pferdekutschen, auch einige Automobile, und am Kopf des Gefolges, so stolz, einsam und ernst wie immer, mein Vater in seinem schwarzen Sarg auf dem Leichenwagen, gezogen von vier schwarzen Pferden, ganz wie die, die den berühmten Reisenden zu Draculas Schloss bringen. Als der Totenacker vor uns auftauchte, erinnerte ich mich an folgende Verse von Rimbaud:

Man folgt der roten Straße
bis zur leeren Herberge.
Das Schloss ist zu verkaufen;
die Fensterläden geschlossen.
Rund um den Totenacker
sind die Wächterhäuser
unbewohnt.
Die Zäune sind so hoch
nur die rauschenden Wipfel sind sichtbar.
Ob der Priester den Kirchenschlüssel mitgenommen hat?
Zu sehen ist drinnen allerdings nichts.

Der Wächter und der Priester öffneten die Grabstätte der Stradolini de Caserta Salina, deren etruskische Adern sie dazu verleitete, Scheinmyrte zu sammeln.

Das Apartment

Ich legte die Prüfungen für die drei Fächer ab, die mir noch fehlten. Gerade siebzehn Jahre war ich alt, als ich mich an der Fakultät für Geistes- und Erziehungswissenschaften für Philosophie einschrieb.

Ich suchte nach einer Wohnung, um nicht pendeln zu müssen, und mir gefiel eine nicht weit vom Wald; ich teilte sie mit Clarisa Vieytes, einer Langzeitstudentin, die schon vor mir darin wohnte.

Die Trennung von Juan Sebastián setzte mir zu, Sara würde sich um ihn kümmern, weil meine Mutter, befreit, wie sie nun war, ihr Musikstudium an der Kunsthochschule wieder aufnehmen wollte.

Um Clarisa zu entkommen, die viel zu häufig in mein Zimmer kam, belegte ich einen Kurs in Maschinenschreiben und Stenografie. Ich würde mir in den Seminaren Notizen machen und sie ans Studentenzentrum verkaufen, damit ich mich von der Zuwendung meiner Mutter freimachen könnte.

Im November, Dezember und März legte ich Prüfungen ab; ich wollte schnell fertig werden und ein Promotionsstudium aufnehmen, im November schloss ich sieben Seminare mit Bestnote ab und meine Kommilitonen wurden zu

Ex-Kommilitonen. Wieder war ich auf dem Weg ins Exil. Ich spürte es.

Nie besuchte ich eine Feier oder einen Ball, ins Kino ging ich nur, wenn ich sicher war, dass der Film es Wert war. In den Prüfungsphasen im Dezember und im März war ich schon als »Ungeheuer« abgestempelt.

Ich lernte Carlitos Ringuelet kennen, einen begabten Studenten und Dichter, mit dem ich Französisch sprechen konnte; ich glaube, wenn genügend Zeit gewesen wäre, hätte ich mich verliebt, denn ich empfand etwas Besonderes in Gegenwart dieses reifen und eleganten Galans, aber er war verheiratet und so toll dann auch wieder nicht.

An einem beinahe byzantinischen Nachmittag, ganz La Plata schwer von Linden und Magnolien, in der dezemberlichen Prüfungsphase voller Weihnachtsbäume und Konfitüren, sagte Carlitos Ringuelet zu mir: »Deine Augen waren am Mittelmeer.«

Ich blickte in den Spiegel und erschreckte mich nicht.

Er fragte mich: »Warum lernst du so viel?«

»Es fällt mir nicht schwer.«

Er war ein genialer Langzeitstudent, der absichtlich nicht alle Prüfungen ablegte, weil er die Atmosphäre der Seminare brauchte, den Gang über die Flure und Höfe des Gebäudes, die seinem Leben das Leben einhauchten.

Clarisa, die ewig Durchfallende, ließ keine Gelegenheit aus, in mein Zimmer zu kommen, sie war schon in anderen Studienfächern gescheitert; Philosophie hatte sie gewählt, um nicht in ihr Heimatdorf zurückzumüssen.

»Warum bleibst du dabei, wenn du nicht gern studierst?«

»Ich will nicht in mein Dorf zurück.«

Das verstand ich und fragte nicht weiter.

Sie warf sich auf mein Bett und rauchte in langsamen Zügen. Nörgelig und hilflos versuchte sie, mein Schweigen zu brechen:

»Hast du was zu trinken?«

»Orangenlimo.«

»Komm rüber in mein Zimmer, ich hab alles da.«

Sie hatte alles außer Bücher und schenkte zwei Whiskys ein.

»Clarisa, ich trinke keinen Alkohol.«

»Kein Problem, ich trinke beide.«

Clarisa war gerade zweiundzwanzig geworden. Ich erzählte ihr, dass ich Griechisch und Latein gegen Anthropologie eintauschen wollte. Sie antwortete:

»Ist mir gleich, ich wechsle mit, um bei dir zu bleiben. Ich hab Medizin angefangen und es lief nicht so gut, danach Jura und das war noch schlimmer, und jetzt in Philosophie versage ich komplett.«

Ich sah sie aufmerksam an und war erschüttert. Sie war eine riesige Magnolie, eine gigantische, schamlose Blume. Etwas Totes, Verfaultes. Das einzig Lebendige an ihr schien ihre kühle, aber wallende Haarpracht zu sein, die sich wie ein Strang Meeresalgen überall verfing: am Türklopfer, in der Schreibmaschine, am Füllfederhalter, am Knopf einer fremden Bluse; ihre Haarpracht, eilte ihr voraus und folgte ihr nach wie die Flügel eines seltsamen Vogels. Ich hatte Angst, die seidige Wucht könnte mich umschlingen und in ihrer dunklen und feuchten Flut erdrosseln, wenn ich Clarisa zu nahe käme. Ich bändigte mein Haar immer in einem Pferdeschwanz.

»Mach es doch mal auf«, sagte sie und zog an meinem Haarband.

Ich bemerkte den Unterschied, wenigstens die Spitzen müsste ich mal schneiden lassen.

Clarisa fuhr fort, als könnte sie meine Gedanken lesen: »Ich schneide dir die Spitzen.«

Sie holte eine Flasche Öl und eine Schere aus ihrem Schrank und fragte mich, während sie sich ans Werk machte: »Was hast du heute Abend vor?«

»Lernen.«

»Bist du verrückt? Lass uns ins Kino gehen.«

Ich kehrte zurück in mein Zimmer und lernte bis zwei Uhr morgens. Clarisa klopfte an meine Tür.

»Ich bin ausgegangen, hatte keine Lust mehr und bin zurückgekommen, um mit dir zu lernen.«

Sie wirkte verwirrt und ganz anders als sonst. Ich fragte: »Willst du die Einführungsprüfung ablegen?«

Sie versuchte, mich abzulenken: »He, was ist das denn?«

»Eine chinesische Vase, erkennst du das nicht?« Verärgert ergänzte ich: »Jetzt verschwende nicht meine Zeit, konzentrier dich oder geh wieder.«

Sie verließ den Raum wie ein Vogel mit verletztem Flügel.

Eine Woche lang konnte ich ihr aus dem Weg gehen. Ich sah sie in der Einführung in die Philosophie, wo sie mir von ihrem Platz aus dümmlich entgegenlächelte. Unter irgendeinem Vorwand konnte ich sie immer abschütteln.

Ich versuchte, mit Professor Coriolano Alberini zu sprechen, aber er entwischte mir immer auf seinen Krücken. Dann fühlte ich mich schlecht. Vielleicht ging es Clarisa ähnlich?

Ich schloss drei Seminare mit Bestnote ab.

Clarisa lächelte und fiel wieder durch, sie war jetzt kein verletzter Vogel mehr, sondern ein sterbender.

In der Calle 47 holte sie mich ein und flehte mich an, ihr bei der Prüfungsvorbereitung für Psychologie zu helfen; ich tat es und sie bestand.

Sie freute sich unbändig und tat mir leid. Diese Dumme bewegte in mir drin irgendein Gefühl.

Sie sagte: »Ich habe Psychologie nie verstanden und du hast mir alles erklärt.«

Dann packte sie meinen Kopf und küsste mich auf den Mund. Verwirrt von den Gerüchen von Tabak und Scotch empfand ich eine tiefe Scham. Sie lud mich ins Kino und zum Essen ein, entschied auch, mit mir zusammen für Ästhetik zu lernen. Ich glaube, für ein paar Stunden war sie sich sicher, mich für sich gewonnen zu haben.

Ich akzeptierte die Ästhetik-Sache. Professor Guerrero war ein unüberwindbares Hindernis für mittelmäßige Studenten und Ästhetik eine schweißtreibende Angelegenheit. Clarisa könnte niemals die Hürde nehmen, die die Interpretation von Texten wie Gotthold Ephraim Lessings *Laokoon* darstellte; trotzdem wollte ich versuchen, ihr ein paar Antworten zu entlocken.

»Pass auf«, sagte ich, »›Laokoon leidet wie des Sophokles Philoktet‹ bedeutet, dass er dem griechischen Gleichmut die Tränen und das Klagen des Schmerzes entgegenstellt.«

Als ich weder in Worten noch Mimik eine Antwort bekam, improvisierte ich ein griechisches Theater mit einigen gefassten Figuren und anderen Wimmernden, die einander Asche aufs Haupt warfen. Clarisa blieb still.

Ich wiederholte: »Nur die Griechen bewahren eine würdige Haltung, und wenn sie leiden, dann weinen sie nicht laut; die Trojaner fluchen und heulen, sie sind der Kern der Barbarei.«

Sie begann zu schluchzen: »Verzeih mir, das hat mich bewegt.«

»Ach, herrje, du albernes Dummerchen.«

In der *Ilias* zeigte ich ihr die Abbildung des armen Laokoon mit seinen unglückseligen Söhnen.

»Wir werden verschiedene Stufen der Leidenschaft besprechen.«

Sie hörte nicht zu und verstand nichts, sie rauchte. Im Geiste erleuchtete ich sie mit Tannenscheiten.

Ich dachte: Wenn ich sie nur auferwecken, sie knistern lassen könnte wie Meleagros, wenn ich die Eingeweide verschlingende Flamme sehen und diese Wachspuppe schmelzen könnte, den bald abfallenden verdorbenen Zweig ersprießen lassen und diese Frucht, die fast verfault ist.

Ich fragte: »Glaubst du, dass es das Gedicht vor der Skulptur gab?«

Sie antwortete, als kehrte sie zurück aus dem lilablauen Zwielicht der Toten: »Ja … ja … Che…la.«

Ich verbarg meinen Schrecken: »Clarisa, du musst allein weiterlernen.«

Sie murmelte: »Mmm … Mmm … Mmm …«

Wer war in meinem Zimmer und legte mir allein bekannte Worte und Gemurmel in jenen blutleeren Mund?

Ich las einige Verse im *Laokoon*:

Wo er nur sein eigner Nachbar war,
unfähig des Gehens,
und auch keinen hatte in dem Land,
der ihm nahe war im Leid,
bei welchem widerhallend er
sein Stöhnen, das tieffressende,
ausweinen konnte.

Das dumme Kind tauchte wieder auf: »Chela, ich schenke dir ein bisschen Schminke, damit du hübsch aussiehst … Du verstehst mich nicht …«

Beinahe hätte ich ihr eine geknallt, als sie zu weinen begann wie die beiden Söhne Laokoons.

Schluchzend warf sie sich auf den Boden: »Niemand versteht mich.«

Das erweichte mich, denn mir ging es genauso. Das wiederum ermutigte sie. Und etwas begann, zwischen meine Beine zu kriechen. Oh ja, das war Clarisas Hand. Kapiert.

Ich gab ihr einen Tritt in die Visage und mit meiner wiedererwachten und multiplizierten tierischen Kraft warf ich sie hinaus in den Hof.

Sie stöhnte: »Ja … ja … Che…la.«

Ich sagte mir: Morgen fahre ich auf die Quinta.

Offenbarung

Ich fuhr auf die Quinta in einem cremefarbenen Kostüm mit roter Seidenbluse, trug Schuhe mit nicht allzu hohem Absatz und hatte mir eine Garçon-Frisur schneiden lassen. Ich merkte, dass ich angesehen wurde. Ich bewunderte die Landschaft unter der Sonne, die den Nebel vertrieb; auf den Dächern sammelten sich kristallene Tränen. Wie immer betrat ich das Haus durch den Dienstboteneingang und erklomm die Wendeltreppe zum Dachboden.

Ich schrie: »Juan Sebastián.«

Er schrie: »Ja … ja … Che…la.«

Mit dem Gejaule eines wiedergefundenen Welpen sprang er mir auf den Arm. Er war jetzt zehn Jahre alt und nicht einen Zentimeter gewachsen. Ich packte Geschenke aus: Glasmurmeln, einen bunten Ball, Schokolade und Bonbons. Er bot mir zuerst ein Bonbon an und steckte sich dann selbst zwei auf einmal in den Mund. Er war sehr dünn und sehr schmutzig. Als Sara reinkam, gelang es ihm, sie anzuspucken und die Bonbons trotzdem im Mund zu behalten.

»Sie sind zurück, Señorita.«

»So sieht's aus.«

»Ich sage der Señora Bescheid.«

Ich hörte das Klavier meiner Mutter, übte sie oder klimperte sie herum, was war das, Bach oder eine Fingerübung? Furchtbar. Wir zwei Leibesfrüchtchen gingen raus in die Felder. Die Flucht endete auf dem alten roten Hof, worauf Juan Sebastián bestand, weil er mir etwas zeigen wollte. Er nahm die Fliese vom Fundloch, steckte die Hand rein, dann den Arm bis zum Ellenbogen und barg einen zweiten Zwerg. Er hatte ihn ganz allein entdeckt und wieder versteckt, bis ich zurück war. Auf unserem einsamen Gut waren wir zwei Tote, die in der Familiengruft aus etruskischem Holz umherstriffen. Juan Sebastián berührte die Figur am großen Kopf und dann sich selbst am eigenen: Er erkannte die schweinische Saat. Wir waren zweifelsohne zwei rastlose Tote in unserer Grabstätte; wir waren unschuldig, aber trugen wir fremde Schuld? Das musste ich herausfinden.

Wir hörten den Ruf und den Galopp: »Iiiha, ihr Irren!«

Ich antwortete: »Nicht so irre wie deine armselige Mutter.«

Arnaldo, der Cousin, der mittlerweile Don Arnaldo genannt wurde.

»Was soll die Beleidigung, du Fiesling!«

»Hallo, ihr Entarteten. Was hast du da in der Hand, zeig mal her!«

Er riss meinem kleinen Bruder die Figur aus der Hand.

»Kommt, wir spielen Fangen.«

Er umrundete uns auf seinem Pferd, und wir hüpften hoch wie zwei erbärmliche Würstchen und versuchten, ihm das Objekt zu entwenden. Juan Sebastián weinte verzweifelt, ich warf einen Brocken Schutt nach meinem Cousin und er bearbeitete meinen Arm mit seiner Peitsche. Mein Brüderchen japste und keuchte. Ich klopfte ihm auf den Rücken und verfolgte die Spur des Gauls, die am Haupteingang endete. Das Tier war am Pfosten angebunden.

Meine Mutter saß am Klavier und fragte, ohne sich umzudrehen: »Wie geht's, Chela?« Und weiter, in derselben Haltung klimpernd: »Señor Roux hat mir Wunderdinge über dich erzählt.«

Das Witwentum stand Mama gut, sie sah wunderschön aus.

Meine grässliche Großmutter war da, ihr orthopädischer Schuh lugte unter dem schwarzen Rock hervor. »Weißt du, dass deine Mutter ein Konzert geben wird?«

Ich ließ mein altes Gelächter los.

Meine grässliche Großmutter sagte: »Sei nicht albern, was gibt es da zu lachen?«

Mein Brüderchen hüpfte umher wie ein Hofnarr.

Arnaldo platzte heraus: »Die zwei sind entartet.«

Er stellte unseren Fund auf das Klavier.

»Das gehört uns, wie haben es auf dem alten Hof von La Angelina gefunden.«

»Wer's glaubt«, sagte Arnaldo.

Ich schwor: »Eines Tages bringe ich dich um.«

Juan Sebastián machte einen Satz und schnappte sich die Skulptur.

Die grässliche Großmutter seufzte: »Ach, María Salomé … vorbei die Ruhe, Gott möge deine zweite Ehe glücklicher werden lassen als die erste.«

Ich kombinierte, dass meine Mutter mit vierzig wieder verlobt war und spürte einen Stich. Um mich nach so viel allgemeinem Schwachsinn zu belohnen, entriss ich meinem Cousin die Peitsche und schlug ihn grün und blau, bis mir die Hand kribbelte, dann der Arm und sogar der Ellenbogen.

»Sein Teint!«, kreischte die Großmutter.

»Schmiert sie dich immer noch mit Pariser Crème ein, du kleine Schwuchtel?«

»Das Unheil ist zurück«, stöhnte meine Mutter.

Wir flüchteten auf den Dachboden. Erschöpft von dem Gefecht im Haus der Menschen schlief Juan Sebastián ein.

Sara erzählte mir: »Der französische Herr besucht Ihre Mutter und kommt zum Tee mit ihr, Ihrer Großmutter, Señor Arnaldo und Señorita Camelia.«

Ein Zweifel überkam mich. Ich sagte nichts. Hörte das Klavier. Wie eine kleine Anfängerin spielte meine Mutter alle möglichen Komponisten. Jugendlicher Jubel im Großen Salon. Zwischen zwei Tonleitern unterbrach sich das Klavier für das Gelächter der Zwei.

Ich ging luschern, wie es meine Gewohnheit war.

Der Große Salon war beleuchtet von Kerzen in den florentinischen Haltern, in den dunkelsten Ecken alberten die Alten herum. Señor Roux war eine Witzfigur. Heiß wie ein Jungsporn verfolgte er meine Mutter; sie verlor einen Schuh und beide wälzten sich auf dem Teppich. In amourösen Spielen rangelten sie herum, ohne in die Tiefe zu gehen. Ich dachte an meinen Vater und erstickte fast an meinem Lachen, weil ich ihm, wenn auch unbeabsichtigt, seinen Nachfolger vorgestellt hatte.

»Du kommst aber zu meinem Konzert.«

»Ja, natürlich, ich komme.«

Eine Kette bärtiger Küsschen am Hals meiner Mutter. Wie eklig.

»Nicht kitzeln …«

»Doch, kitzeln …«

Ich musste wegrennen, um nicht vor ihren Augen zu platzen. Sara kam hoch und brachte uns ein Tablett mit Essen.

Sie fragte: »Señorita, sind Sie eben unten gewesen?«

»Ja.«

Ich steckte mir eine Zigarette an und wartete ab, sie war nervös und würde weiterfragen.

»Haben Sie etwas gesehen?«

»Du meinst, ob ich die Geronter gesehen habe?«

Sie verstand nicht und ging. Wir nahmen das Tablett und warfen es in die Luft, das Essen spritzte an die Decke und klatschte auf den Boden. Wir wälzten uns in der Flüssigkeit, in dem Öl, genauso wie Mama und Roux auf dem Teppich im Großen Salon.

Juan Sebastián klatschte den Nachtisch an die Tür und ein bisschen davon in die Visage des Señor Roux, als der sich nach oben traute.

»Chela, ich habe eine sehr wichtige und für mich sehr schöne Nachricht, ich hoffe, es erfreut Sie ebenfalls.«

»Ich weiß es schon.«

Er war verwirrt und sah aus wie ein Ballon, dem die Luft entweicht. Meine einstige Zuneigung war dahin und ich entschied, dem Bärtigen Angst einzujagen, so gut ich konnte.

»Señor Roux, sehen Sie den Geist da bei der Harfe?«

»Nein, nichts.«

»Es ist eine Frau, die Seele von Madelaine Fornier, sie hat mir gerade ihren Namen verraten, Madelaine Fornier.«

»Chela, Sie machen wohl Witze, das ist der Name meiner verstorbenen Frau.«

Mit gewissen Dingen darf man nicht scherzen. Ein zierliches Persönchen aus glänzender Seide schwebte auf Señor Roux zu. Mein Bruder sprach seine zwei Wörter, diesmal mit Ehrfurcht. Das Umschlagtuch fiel herab, die Saiten erklangen.

»Verzeih mir, Madelaine«, schluchzte Roux auf Knien. Er floh über den Dienstboteneingang und kam nie wieder zurück.

Auf einen Schlag zerstörte ich die zweite Jugend meiner Mutter, vielleicht die einzige.

Die Abstammung

Ich fuhr zurück nach La Plata, um die Studiengebühren zu bezahlen. Auf dem Weg kaufte ich in einer Tierhandlung eine Schildkröte und bohrte ihr ein Loch in den Panzer, durch das ich eine silberne Kette zog. Ich schenkte sie Juan Sebastián, wir nannten sie Bertha.

Mein Anthropologie-Studium begann. Ich ging die Steintreppe zwischen den beiden Säbelzahntigern hinauf und entdeckte hinter der Büste von Perito Moreno ein Wandbild mit vorsintflutlichen Motiven; zunächst verstand ich nicht, warum ein paar Verse von Rimbaud meine Seele befielen:

Magische Blumen brummten.
Die Böschungen wiegten sie.
Tiere von fabelhafter
Grazie kreisten.

Später verstand ich den Grund für diesen Überfall auf meine Seele, als ich begriff, dass der Dichter in einer vorzeitlichen Zeit existiert haben musste. Ich stand eine gute Weile dort und steckte eine Hand, dann einen Arm und sogar einen Ellenbogen in das Bild; in meiner Vorstellung, aber doch auf so reale Weise wie damals, als sie mir geholfen hatten, die Skulptur zu bergen. Und dann kam die erste Vorlesung von Professor Cristofredo Jakob im Hörsaal.

Der Professor nahm einen Hocker überall mit hin, denn er saß gern und ging auch gern umher; eigentlich ging er sitzend umher. Thema: Vorgeschichtliche Epochen. Material: auf Leinwand projizierte Abbildungen und ein Zeigestock.

Ich betrachtete die Saurierhände, sehr gut dargestellt, und die Hand des Professors, der drei Finger fehlten. Er selbst hatte sie sich amputiert, nachdem er sich bei einer Ausgrabung in Patagonien an einem Knochen verletzt hatte. Er hatte Angst vor Leichengift. Auf der Leinwand wurden vorsintflutliche Landschaften gezeigt. Später Schädeldecken. Erst der traurige Pithecanthropus. Dann der dynamische Neanderthaler. Schließlich Großvater Cro-Magnon. Die Fenster des Hörsaals im La-Plata-Museum kombinierten grünliches Blau mit Lilatönen. Die Gerüche des Stadtwaldes drangen beinahe flüssig durch die Spalten der alten Rahmen herein, durch die Bleifassungen der Kirchenfenster, die die Gründer eingesetzt hatten. Es waren Ingres-Figuren. Jakob stiftete uns dazu an, in einer möglichen, verschlungenen und ungeheuerlichen Vergangenheit zu graben.

Es war schwer, Teil von Jakobs Kreis zu werden, und nur die Fähigsten konnten sich in ihm behaupten. Mich mochte er gern, er empfing mich in seinem Büro.

Zwischen den Papieren dieses Dachbodens tauchen Spuren jener Mitschriften auf, die ich zwischen den Seminaren im Museum, in der Geisteswissenschaftlichen Fakultät und den Reisen auf die Quinta verteilte. Es war die beste Zeit meines Lebens, vor allem, weil der einsame Weise mich empfang, wenn ich an die Tür zum Büro des Professors klopfte, das sich im Museum befand, eine Mansarde, in der chaotische Ordnung herrschte oder umgekehrt. Er zählte mich bereits zu seiner verlesenen Wahlverwandtschaft. Bücher und Papiere zuhauf, Knochen und Steine, Fotos und Filme und die ein oder andere Blume in einem Glas mit klarem Wasser. Als er mir von seinem patagonischen Unfall erzählte, sagte er: »Mädchen (so nannte er seine Lieblingsschüler, Mädchen oder Junge), man muss sich immer den Anforderungen des Augenblicks stellen, sonst kann man sogar das Augenlicht verlieren.«

An einem besonderen Nachmittag gestand ich ihm, dass ich ihn mir als Vater gewünscht hätte.

»Das brauchst du gar nicht, die Natur hat dich gut ausgestattet, um allein zurechtzukommen. Aber du musst mit beiden Füßen fest auf dem Boden stehen, sonst kann dich jeder Schubser umhauen; suche nicht nach Liebe, und wenn die Lieblosigkeit dich umzingelt, lass dich nicht besiegen, lass dich nicht umhauen. Kämpfe für dich selbst.«

An diesem Nachmittag wollte ich ihn etwas fragen, aber er hörte nicht auf zu predigen: »Alles ist wichtig, sogar die Insekten, denn sie sind voller Leben. Weißt du, wer sterben wird, wenn er weiter so viel Unsinn macht? Der Mensch, der alles isst, was sich bewegt und die Lebendigkeit des Universums verschlingt, bis er selbst vor lauter Erschöpfung stirbt, wenn sich um ihn her nichts mehr rührt. Um auf nichts und niemanden angewiesen zu sein, muss man das Leben respektieren.«

»Ja … ja …«

»Was wolltest du mich fragen?«

»Hier.«

Ich holte die Skulptur aus der Tasche und fürchtete schon, er würde sich darüber lustig machen. Was, wenn es Ramsch war?

»Zeig mal her.«

Er kratzte mit einem Federmesser an der Oberfläche aus Glas und Terrakotta.

»Mädchen, das ist kein Spielzeug, das ist die Miniaturkopie einer Kamee, oder eine späte Reproduktion einer größeren Gruppe. Himmel, die Mädchen erinnern mich an Doña Agustina Sarmiento und Doña Isabel de Velasco, die hier sieht aus wie María Bártola, und die Jungs wie Nicolasito Pertusato und Nicolás Hobson.«

Kurz darauf korrigierte er sich: »Die Mädchen sehen aus wie María Bártola. María Agustina und Isabel waren nicht hässlich. Wo hast du das her?«

»Von La Angelina.«

»Es ist italienisch und sehr alt.«

Er nannte mir die Adresse eines deutschen Antiquars.

Ich fragte: »Kann Kleinwüchsigkeit eine Konsequenz von Spirochaeta pallida sein?«

»Möglich.«

»Oder der Blutsverwandtschaft?«

»Möglich.«

»Oder der Röteln?«

»Möglich.«

Der Professor wusste nicht, dass es bei mir zu Hause einen Zwerg gab. Auch nicht, dass inzestuöses Blut mich in Strömen durchtränkte, oder dass mein Großvater sich in Paris die Syphilis geholt hatte. Er wusste nichts von meinen Röteln. Und obwohl er auch nicht wissen konnte, ob ich konvertierte Jüdin war oder von Sepharden abstammte, schwenkte er seine arische Flagge:

»Die Semiten zum Beispiel werden sich selbst auslöschen vor lauter gleichem Blut, das erschöpft ist vom Fluss von einer Generation zur nächsten über Jahrhunderte und Jahrhunderte; ihre Individuen sind jetzt schon debil, defizitär, degeneriert. Die Syphilitiker sind verdorben und auch wenn die Behandlungen – manchmal – effizient sind, ist eine komplette Heilung, meiner Meinung nach, nicht möglich, und man sollte sie kastrieren.«

Er zählte einen Haufen Fälle auf. Und was den anderen Fall betraf, so sollte eine Schwangere nach drei Monaten abtreiben, wenn sie Röteln bekommt.

Er erzählte viel von Methoden aus seiner deutschen Zeit: »Wir Arier werden zu den Sternen aufsteigen und von dort über die Steppen niedergehen und Europa einnehmen. Wir werden als Engel in Feuerwagen in den Himmel zurückkehren, weil wir uns vor den Geißeln gehütet und alles amputiert haben, was nötig war.«

Er führte jene Hand zwischen seine Augen und das Licht und murmelte: »Mmm … Mmm … wir werden in Raumschiffen fahren.« Die Öllampe beleuchtete die Flecken auf Jakobs altem Anzug, das wuschelige Gestrüpp auf seinem Kopf und im Gesicht. Seine Stimme dröhnte und ich fürchtete, er könnte die Leguane aus ihrer Lethargie wecken. »Die Welt wird schon sehen.«

Er sagte: »Ich begleite dich.«

»Wo wohnen Sie, Professor?«

Ich war eine geschmeidige Katze, er keuchte an meiner Seite.

»Wo wohnen Sie, Professor?«, wiederholte ich.

»In den Katakomben, wie die Toten.«

»Ja … ja …« (Juan Sebastián hatte mich angesteckt.)

»Du wirst leiden, Mädchen. Aber ändere dich nicht, und suche kein Glück, das gibt es nicht für Leute wie uns, lass dich nicht verderben oder von den Verdorbenen besudeln.«

Am Waldrand, wo der Makadam beginnt, verabschiedeten wir uns. Er verschwand in der Krone eines hohen Eukalyptus' auf seinen Dachboden.

Die Kamee

Ich fuhr nach Buenos Aires, um den Antiquar zu befragen. Er aß Gebäck von einem Stück Papier und trank Kaffee aus einer filigranen Porzellanschale; von Zeit zu Zeit betrachtete er das Objekt. All das geschah in einem gotischen Turm, einem uralten Dachboden in Buenos Aires.

Als wollte er sich entschuldigen, sagte er: »Ich esse nicht viel, das ist meine einzige Nahrung. Was soll's, ich bin schon alt.«

Alt waren auch die Säulen, die Balken, die Mauern, all die Dinge um ihn herum, auch die Pritsche, auf der er schlief.

Ich sagte: »Das ist gar kein Problem.«

Er empfahl: »Schauen Sie sich da drüben um, während ich Ihren Fund studiere.«

Er zeigte auf das Zoetrop in der Mitte des Raumes, wie ein Kelch gearbeitet und von einem Fuß im Mudéjar-Stil auf dem roten Samttuch gehalten. Ich ging hin, drehte das Rad auf der Achse, spähte durch die symmetrischen Spalten, und sah Dschungel- und Waldtiere, Fluss- und Meerestiere in zwielichtigem Nebel tanzen. Das mag Rimbaud inspiriert haben, als er schrieb:

Fern den Vögeln,
Herden,
Dörflern.
Was trank ich,
gekauert
in Heidekraut
Umgeben von zarten
Haselstrauchwäldern,
An einem nebligen Nachmittag
grünlich und lau.

Der Antiquar sagte: »Denken Sie an Rimbaud?«

»Lesen Sie Gedanken?«

»Ihre Gedanken sind meine Gedanken, es gibt kein fremdes Gedankengut.«

Er war ein ogivales Wesen. Seine vornehme Schlankheit spiegelte sich im venezianischen Mond, halb hell, halb dunkel, vollkommen geheimnisvoll. Ich sah ihn als Aal mit Armen und Beinen, in dessen Hand meine Skulptur ein Loch im Wasser öffnete, durch das ich herausfinden würde, was ich brauchte und fürchtete. Er spürte dasselbe wie ich und erbarmte sich, mir anzubieten: »Schauen Sie die Uhren und Instrumente an, ich bin Uhrmacher und Musiker.«

Und plötzlich: »Mädchen, hier ist eine Jahreszahl: 1848. Und das Bild einer Äolsharfe … Diese Familie stammte aus Sizilien, es sind weder Bauern noch gewöhnliche Leute, denn da sehe ich die Fleur-de-Lys, die heraldische Lilie, und eine winzige Prägung, auf der steht: Condestables de Caserta.«

In einer Inkunabel las er nach: »Diese Familie lebte in Sizilien, im Bourbonischen Zeitalter, als der Graf Alfonso von Caserta das Königreich beider Sizilien regierte.«

Er zeigte auf das Pärchen: »Das ist der Oberfeldherr Caserta mit seiner Gattin, der Condestablesa, die Zwerge sind keine Narren, sondern die missratenen Sprösslinge des armen Paars.«

Ich sagte kein Wort, denn eine große Traurigkeit verdunkelte meine Seele. Der weise Antiquar zupfte eine Harfe, um sie zu temperieren. Über die Saiten schwang seine Heimat, Deutschland, und die Melodie setzte Eis und Schnee frei, die die Nürnberger Krüge und ihre ziselierten Deckel bespritzten, die Holzmedaillons aus dem 16. Jahrhundert, und sich schließlich in einem Taufbecken aus Keramik sammelten.

Die Erinnerung an meinen Bruder brach den Zauber und ich ging hinunter auf die Straße. Ich unterbrach mein Studium, um für ihn zu sorgen. Er starb ein Jahr darauf. Er starb mir weg. Vorher gab er mir die Worte zurück, die ich ihm geschenkt hatte. Zusammen mit Juan Sebastián begrub ich meine Kindheit und einen guten Teil meiner Jugend.

Ich beschloss, das Leben zu leben, sonst nichts.

Durchkreuzte Pläne

Ich adoptierte Bertha und trug sie an der silbernen Kette wie ein Medaillon. In der Nähe der Geisteswissenschaftlichen Fakultät mietete ich eine Wohnung und zog mit Bertha ein.

Mit zwanzig Jahren schloss ich meine Universitätsstudien ab. Ich wollte nicht auf die Quinta zurück. Ich wollte weder in einem Lehrerausbildungsinstitut unterrichten noch in der Sekundarstufe; mir wurden auch Stunden am Gymnasium angeboten, die ich aber ablehnte. Ich wollte nach Möglichkeit jegliche Verpflichtung ebenso wie Gefühle und Freundschaften vermeiden. Für einen Verlag übersetzte ich aus dem Französischen und gab Einzelnachhilfe zur Prüfungsvorbereitung. Da meine Hoffnung auf eine Europareise durch den Krieg zerschlagen wurde, wollte ich nach Chile fahren, die Osterinsel war mein Ziel.

Aber da machte mir der Teufel einen Strich durch die Rechnung.

Mama erkrankte und ließ mich rufen. Bei der Ankunft auf der Quinta fröstelte ich unter meinem Fohlenfellmantel. Der Winter hatte das Haus mit einer eisigen Decke aus Reif überzogen, die verheerten Bäume wirkten wie flehende Skelette; irgendwo auf dem Dach fiepte eine junge

Taube. Meine Mutter war ein vom Orkan aufs Dach gepustetes Stück Fundholz.

Es umringten sie meine grässliche Großmutter, Arnaldo und Camelia; Lula war noch nicht einbestellt worden. Ariel betete. Sie lag im Sterben und ich spürte nichts. Die Heizung röchelte.

Jemand nahm einen Strauß welker Blumen aus einer Vase. Eine Präsenz, die nur ich sehen konnte, holte meine Mutter ab, aber vorher redeten wir.

»Kindchen.«

Was hätten wir beide gewinnen können, wenn sie mich früher so genannt hätte, viel früher.

Sie sagte: »Chela, Kindchen, ich gehe.«

Ich weiß nicht, warum ich antwortete: »Ja … ja … Che… la.«

»Ich möchte dich um etwas bitten, unter vier Augen.«

Die anderen verließen den Raum und meine Mutter sagte: »Du musst dafür sorgen, dass ich eingeäschert werde, ich habe Angst vor den Würmern, ich habe mich immer so schrecklich vor Würmern geekelt. Ich habe meinen Platz auf dem Friedhof von La Chacarita alle zwei Jahre bestätigen lassen, alles ist geregelt und bezahlt. Sorg du dafür, dass mein Wille erfüllt wird.«

Während der Totenwache traf Lula ein. Sie verzog das Gesicht, als ich ihr den letzten Willen unserer Mutter übermittelte. Ich begriff, dass die Sache nicht einfach werden würde. Obwohl meine Großmutter und Arnaldo mich unterstützten, drohten Lula und die Nonnen in ihrem Gefolge, nachdem sie sich bekreuzigt hatten, die Kurie und den Vatikan anzurufen, falls nötig. Meine Mutter hatte nicht gewusst, dass das Veto eines Familienmitglieds ausreicht, um eine Einäscherung zu verhindern. Ich würde vor Gericht ziehen müssen.

So könnte ich den Willen der Verstorbenen umsetzen und Lula auf die Nerven gehen.

Die Tage vergingen.

Der Sarg meiner Mutter würde fürs Erste in der Kapelle verbleiben, nicht in der Familiengrabstätte, wie Lula es wünschte. In der Kapelle standen noch andere Särge. Als meine Mutter in den Sarg gelegt wurde, war ich nicht zugegen. Eines Nachmittags ging ich hin und wusste nicht, welches ihr Sarg war, alle sahen so gepflegt und herausgeputzt aus. Welcher war es? Musste ich mich auf eine makabre Schachpartie einlassen und entscheiden, welchen ich bewegte?

Ach … ich war es leid. Ich würde den Prozess sowieso verlieren.

Als ich am wenigsten damit rechnete, rief Lula mich an.

In einem kurzen Gespräch schlug sie die Nachlassteilung und die Grundbuchübertragung der Ländereien vor; sie wählte für sich das beste Ackerland – dann könnten wir uns den Prozess sparen – und ließ mir die trockenen Brachen, um Sukkuben, Inkuben und grüne Kobolde zu ernten. Ariel half mir mit dem Papierkram.

Zurück in der Kapelle fragte ich Ariel: »Welches ist der Sarg meiner Mutter?«

»Chela … ich bin verwirrt …«

Um einen Heiligen herum standen sechs dichtgedrängte Särge.

»Dieser vielleicht?«

»Vielleicht.«

Zur Krönung meiner Einsamkeit fehlte mir nur noch, den Tod als Hütchenspieler zu erleben.

»Müssen wir ihn öffnen?«

»Das müssen wir wohl.«

Vierzehn Tage nach ihrem Tod sah ich sie wieder. Ariel und die Sargträger, die sie auf den Friedhof bringen sollten, waren dabei. Ich erinnerte mich an die mittelalterlichen Drucke vom Triumph des Todes und eine unbekannte Zuneigung für meine Mutter striff scheu meine Haut. Ich weinte nicht. Ich überließ sie den reinigenden Flammen. Es war ein trüber Nachmittag im August 1941.

Und plötzlich kehrte ich zurück zu meiner Kindheit von vier Jahren, war wieder das kleine Mädchen in Organza im dunklen Studio des Fotografen. Auf dem Kiespfad des Friedhofs trat ich in die Pfützen, die der Regen als Kuhlen im Sand geformt hatte. Ich hörte »Deibelkopf« und verstand, dass meine Mutter für mich schon viel früher gestorben war, an einem fernen Tag im Jahr 1925.

Die Serviette

Ich spürte Verlangen nach einem Erdbeereis, und zwar so dringend, dass mein Magen schmerzte und mein Hals kratzte. In diesem Zustand erreichte ich La Plata. Ich nahm ein Taxi zur Konfiserie von damals.

Bei meinen Papieren verwahre ich zwei erdbeerrot beschmierte Servietten. In der Konfiserie La Perla setze ich mich auf denselben Stuhl wie einst und bestelle ein Erdbeereis; meine Bronchien röcheln.

»Bei dieser Kälte ein Eis?«

Der Mann setzt sich auf den Stuhl, den an jenem fernen Tag meine Mutter besetzt hatte.

Und ich weiß, dass ich in der Falle bin, denn ich muss mich entladen. Ich erzähle ihm die traurige Episode, die ich gerade erlebt habe, er lächelt, ist Arzt und hat schon Gleiches und Schlimmeres gesehen. Er trinkt Portwein, nachdem er von meinem Eis probiert und meine Serviette benutzt hat.

Wir plaudern, zur Auflockerung, über Filme, über Chaplin, er mag *La Violetera*, fragt den Kellner, ob er die Platte da hat. Ich weiß, dass er sie hat. Und die Musik erklingt süßlich und karamellisiert wie eine unschuldige verirrte Biene, die an den üppigen Blumen an der barocken Decke der Konditorei nuckeln will. Wir haben uns vorgestellt. Kommen beide aus La Plata.

Er hat mein beginnendes literarisches Schaffen zur Kenntnis genommen, denn die Stadt ist zu diesem Zeitpunkt noch ein Ort, wo man weiß, mit wem man spricht.

»Was für eine Ehre, dich zu treffen.«

Ich spüre ein wenig Ironie.

»Mein ältester Sohn ist in deinem Alter.«

Ich spüre ein wenig Angst. Und ich spüre, dass dieser Mann etwas bedeuten wird in meinem Leben.

Ich möchte weinen in seinem Schoß. Ich reiße mich zusammen.

Doch ich hätte weinen sollen, wie so viele, wie beinahe alle, dann wäre ich nicht so allein mit einer einzigen Gewissheit: der vom 21. September 1941.

Das Licht am Río de la Plata, das einzige Gespräch mit Luis in seinem Auto. Es gab kein anderes Licht. Die Frühlingssonne fiel schwer und die Jungs spielten Fußball:

»Bis zum Umfallen«, prophezeite Luis.

Er rauchte. Ich biss mich in seine Flanke wie ein Krebs. Immer war ich ein sabberndes, unbeholfenes Etwas, das seinen Körper feucht vor Tränen und Rotz entlangfuhr, und vielleicht, jetzt weiß ich es, erweckte ich Ekel in dem reifen Wesen, das mich aufrüttelte und meine ersten Liebeslaunen ertrug. Damals wollte ich nichts als verschmelzen und eins werden mit dem Körper dieses fremden Mannes. Ein ungeahnter Besitzwille nimmt mich in Beschlag, ich denke nicht mehr klar und das ist eine gefährliche und grausame Übung, denn ich wandle taumelnd durch unbekannte Gefilde; die der Liebe, die mich verbrennen wird.

Mit einem Haps reiße ich ein Stück von seinem Revers und kaue es.

»Was machst du verrückte Nudel?« Er versteht, dass ich ihn vernaschen will.

Ich schlucke die Säfte seiner Berührung. Eine Art, ihn mir einzuverleiben. Ich habe in seine Lippen gebissen. So oft habe ich ihn gebissen. Ich existiere auf einem neuartigen Liebesspektrum, was für ein Elend, schonungsloser Orgasmus für eine, die noch nie auch nur geküsst wurde. Wenn ich ihn verschlingen könnte, würde ich ihn in meine Eingeweide aufnehmen, und er müsste seine Verpflichtungen als Ehemann und Vater aufgeben, als Regierungsmitglied und Person des öffentlichen Lebens. Keinen Schimmer meines Geliebten ließe ich für niemanden.

Für niemanden.

Und der Arme empfängt die über zwanzig Jahre gebändigten, ungelenken und groben Liebkosungen: »Du bist ein unglaubliches Biest«, grunzt er.

Heute bewerte ich alles anders. Er war ein gewöhnlicher Mann und ich seine liebeskranke Gefährtin. Ein ungleiches Paar. Unmögliches Gespann. Damals durchstriff ich den geliebten Körper wie ein Blinder die Brailleschrift, ohne einen unerkundeten Ort, auf der Suche nach der Triebfeder, der Vene, der infinitesimalen Pore, die die absolute und unnachahmliche Ekstase erzwingen würde. Ich wollte nicht mehr allein sein, ich wollte nicht das einsame Tier von La Angelina sein, ich zog es vor, ein leidenschaftliches, blindes Biest auf der Suche nach den Augen der Liebe zu sein, um sehen zu können.

Er sagt: »Du bist, was mir gefehlt hat.«

In seiner langen Existenz als Frauenheld ist ihm solches nicht untergekommen. Und wird es nicht wieder, wenn er es denn überlebt.

Ich sage: »Ich will dich nicht teilen.«

»Wohin sollte ich denn so gehen?«

Er war nicht vorzeigbar. Ich bewohne eine Erdgeschosswohnung. Ordinär. Manchmal wüte ich deshalb.

»Bleib über Nacht.«

Er kann nicht. Die Leute zerren an ihm, seine Verpflichtungen und Verabredungen im Jockey Club. Er beginnt, sich vor dem Spiegel zurechtzumachen und ich zerknittere ihn wieder. Die Kälte von damals, die immerselbe Kälte, die mich packt, wenn er geht, weil er ein gewöhnlicher Bürger ist, ein Mann der Gesellschaft, einer von vielen, und ich verstehe nicht, warum ich ihn so glühend liebe.

»Würdest du dich scheiden lassen?«

»Chela, ich bin seit vierundzwanzig Jahren verheiratet.«

»Morgen fahre ich auf die Quinta.«

Er fürchtete, mich zu verlieren. Und ich versetzte ihm einen weiteren kleinen Tiefschlag: »Auch wenn ich dich nie wiedersehe, du wirst immer meine große Liebe bleiben.«

Er stand da wie ein gerügter Schüler: »Chela, ich habe niemanden so geliebt wie dich.«

Großmutter hatte sich auf der Quinta eingerichtet. Arnaldo spielte den Gutsherrn. Sara ähnelte einem stinkenden Baum. Ariel hielt sich gut.

Er erzählte mir: »Dein Cousin ist verlobt.«

»Und was macht er sonst so?«

»Er verwaltet das Gut und geht mit der Jüngsten von Jacinto Gay aus.«

Ein goldgepudertes Mädchen, Tochter einer Mendizábal.

Die falschen Zähne von der aus dem Zug schnappten nach mir und hinterließen eine entzündete Bisswunde.

Ariel lachte: »Dein Cousin wird ihnen an der Rennbahn beim Geldausgeben helfen.«

Der Schwachkopf setzte auf alles, was zwei Beine hatte und sich bewegte.

»Ich hoffe, er macht sich mit der grässlichen Großmutter vom Acker, wenn er heiratet.«

»Er will dir ein bisschen Land abkaufen.«

»Wie schlau.«

Am selben Tag ernannte ich Ariel bei einem Notar zu meinem Treuhänder.

Um das zu feiern, tranken wir abends Messwein in der Sakristei, mit kostbaren Kelchen aus Muranoglas stießen wir an.

»Wissen Sie, Ariel, ich habe einen Geliebten.«

Er verschluckte sich an seinem Wein und hustete.

»Warum heiratet ihr nicht, Kind?«

»Weil er schon verheiratet ist, Vater.«

»Gott möge mir vergeben, Kind, aber er soll sich schleunigst scheiden lassen.«

»Er ist seit vierundzwanzig Jahren verheiratet.«

»Dann verlass den Mann, tu es für deine Seele.«

»Ich bin verliebt, Ariel, verrückt bis auf die Knochen.«

»Verliebt … Was muss das für ein Mann sein?«

»Ein ganz gewöhnlicher.«

Nein, ganz so gewöhnlich kann er nicht sein. Das leere Haus jaulte. Die Fenster reflektierten menschliche und menschenähnliche Gespenster. Die Teppiche waren übersät mit Pulver, das ein wanderlustiger Geist mit seinen unförmigen schlammigen Füßen hinterließ. Ariel sah sehr alt aus.

»Heirate einen starken jungen Mann, der bereit und intelligent ist, oder einen reichen Portugiesen, und bring eine Schar Kinder nach La Angelina.«

»Eine Schar dickschädliger Zwerge.«

Der gute Priester versteifte sich, aber kurz darauf lachten wir beide gelöst.

»Geliebtes Cousinchen …«

Arnaldo. Ich wollte ihn am liebsten zusammen mit der grässlichen Großmutter vernichten.

Er säuselte weiter: »Warum hast du denn nicht gesagt, dass du kommst …«

»Wozu? Damit du mich mit deinem Gaul über den Haufen rennen kannst?«

»Gott, was bist du nachtragend.«

Und schon füllte sich die Sakristei mit gemeinem Volk: Erst kam die Großmutter gestützt auf ihren Stock aus indischem Blumenrohr; unter ihrem Rocksaum lugte ein hässlicher Gesundheitsschuh hervor. Dann Sara, pechschwarz und gealtert.

Die Quinta war eine Grabstätte. Ich ging mit Ariel in die Felder. Die Sonne funkelte auf den blauen Blüten der Disteln. Süßsaure Pollen reisten auf den Fühlern der Insekten und eine Aura der Glückseligkeit zwang uns zu schweigen, und wenn wir auch nicht sprachen, so bewegten uns doch ähnliche Gedanken. Von den Fenstern der Gewächshäuser perlte der Tau wie gläserne Tränen. Ariel lotete sein frommes Inneres aus. Ich beschwor meine Kobolde, Bertoldo und Juan Sebastián. Auf dem Grund des ehemaligen Herrenhauses blieben wir stehen. Dort lag der rotgeflieste Hof mit dem Fundloch.

Mir gehörten nach der Nachlassteilung die trockenen Ackerstücke zwischen der Quinta und der alten La Angelina. Meiner Schwester die den Portugiesen verpachteten Felder, fruchtbares Acker- und Gartenland.

Ich dachte, dass mein Land der Sehnsucht gehörte und sonst nichts. In den Ruinen zündeten wir uns Zigaretten an. Ich warf einen Steinbrocken nach dem kalten Südwind, der Schutt und Schande aus dem scheußlichen Ort löste.

Ich hörte: »Hu … hu … hu …«

Und hörte: »Ja … ja … Che…la.«

Wir befanden uns im letzten Bollwerk der Quinta, wo meine Gespenster mich erwarteten. Ich stimmte mit heiserer Stimme ein altes Wiegenlied an, und die listige Sonne malte Goyesken auf die Kiefer der Ödnis.

An jenem Abend fuhr ich nach La Plata. In meiner Wohnung sah ich Licht brennen, das durch den Türschlitz lugte. Ich erinnerte mich daran, dass Luis einen Schlüssel hatte. Und da war er und wartete auf mich wie ein Jugendlicher, fütterte Bertha mit einem Salatblatt, amüsierte mich und weckte meine Zärtlichkeit.

Er sagte: »Hast du Lust auf Kino? Es läuft ein Film mit Greta Garbo.«

»Ich dusche kurz, dann können wir los.«

Oh ja, *Die Kameliendame* knickte ein wie kränkliches Schilfrohr. Eisregen fiel über Paris und befiel zusammen mit einer unerträglichen Beklemmung auch meine Seele. Im Anschluss nahmen wir in derselben Konfiserie wie zuvor und immerdar eine unwichtige Unterhaltung wieder auf, um etwas Ernsteres zu umgehen.

Der aktuelle Gassenhauer durchflutete das naive und barocke Ambiente, ein albernes Liedchen, das in meine Bronchien drang und mich zum Husten zwang:

Wenn man wahrlich liebt
so wie ich dich, mein Schatz,
dann ist es unmöglich
zu leben getrennt.

Tränen brannten mir am Hals. Ich wütete: »Ich bin das wandelnde Klischee.«

»Du bist mein süßer Spatz.«

»Bring mich nicht noch mehr zum Weinen.«

»Lass uns gehen …«

In meiner Wohnung liebten wir uns bis zur Erschöpfung, wir waren erbärmlich.

Ich fragte: »Wirst du dich scheiden lassen?«

»Hab ein bisschen Geduld mit mir.« Er wirkte wie ein Kind. »Ich kann nicht ohne dich leben, Chela.«

»Weiß deine Frau davon?«

»Was kann man in dieser Stadt schon geheim halten …«

»Warum hast du es ihr nicht selbst gesagt?«

Er biss auf den Daumen seiner rechten Hand, in der er seine Zigarette hielt, und ließ eine Geschichte vom Stapel, die beinhaltete, dass seine Frau eine Cousine des Gouverneurs war und was für ein Sprungbrett diese Verbindung bedeuten könnte. Er musste die Füße stillhalten. Eine Scheidung, ausgerechnet jetzt, könnte seine Ambitionen vom Tisch wischen wie ein feuchter Lappen.

Ich fühlte mich schmutzig. Ich brauchte ein heißes Bad und viel Seife. Ich dachte an Sara, denn wenn sie hier gewesen wäre, so wie sie in meiner Kindheit dagewesen war, würde sie mich sicher gründlich einseifen und abschrubben. Ich schloss die Badezimmertür mit einem Tritt und ließ das Wasser rinnen.

Er rief: »Wann sehen wir uns wieder?«

Ich antwortete lustlos: »Morgen esse ich am selben Ort zu Mittag.«

Ich ahnte, dass es besser wäre, ihn nicht mehr zu treffen.

Im Restaurant setzte ich mich mit Bertha in der Tasche in eine Nische und bestellte ein Kotelett und ein Salatblatt. Derweil las ich Proust: »Nichts dauert, nicht einmal der Tod!«

Ich würde Luis anlächeln, wenn er käme. Ich hörte jemanden grüßen: »Guten Tag, Doktor, wie geht es Ihnen?« Und gleich darauf legte sich des Geliebten Hand auf meine Schulter und ich hörte mit Schrecken: »Darf ich dir meine Frau vorstellen.« Ich glaube, ich reichte ihr wie in trübem und verschlicktem Wasser tauchend die Hand. Mit Entsetzen sah ich, wie Luis zwei Stühle heranholte, weil er entschieden hatte, dass wir gemeinsam zu Mittag essen würden.

Ich weiß nicht, worüber sie sprachen, denn ich verkroch mich in meinen Panzer, oder in Berthas.

Ich konnte mich nie an irgendetwas erinnern, das bei dieser schrecklichen Begegnung geschah, die dem Getratsche in der Stadt ein Ende setzen sollte. Ich überlegte immerfort, wie ich mich davonschleichen könnte, aber da ich nun eine Person des öffentlichen Lebens war, hielt ich durch bis zum Dessert, ging mit dem Ehepaar bis vor die Tür, schlug die Mitfahrgelegenheit jedoch aus. Ich ging nach Hause wie ein Hund mit einer an den Schwanz gebundenen Blechbüchse. Ich sperrte die Wohnung zu und fuhr zurück auf die Quinta.

Dann beschloss ich zu reisen. Ich wollte nach Chile. Und so landete ich Mitte des Jahres 1943 wie ein kariöser Zahn, der mit glühendheißem Blei gequält wird, mit Schmerzen in all meinen Knochen, auf der harten Erde von Santiago.

Ich war krank, hatte Bronchitis und Angstzustände. Ich nahm Schlaftabletten und Beruhigungsmittel, schluckte mit ziemlicher Regelmäßigkeit Pillen und vertraute doch darauf, nicht abhängig zu sein. Meine »Bonbons« verwahrte ich in einem blauen Glasfläschchen, das ich »meine Wunderlampe« taufte, und immer, wenn ich sie öffnete, versprach ich: »Das ist die Letzte«, aber der Schmerz kehrte wieder und ich »rieb« meine Lampe.

Der Geist der Ruhe, der aus dem blauen Glas floss, war ein wahrer Segen, um die furchterregenden Ungeheuer zu vertreiben, die ich über die Anden getragen hatte.

Chile, wie es lacht

Ein chilenischer Dichter, Alfonso Gómez Líbano, der in La Plata lebte und zwei Gedichtbände veröffentlicht hatte, als ich an der Geisteswissenschaftlichen Fakultät studierte, empfahl mich an eine Zeitung von Santiago, und bei einer Lesung aus einem neuen Buch, an dem er gerade arbeitete, stellte er mich Neruda und seinem Kreis vor.

Alfonso rezitierte:

In dir, Diego de Almagro,
pocht das Herz wie eine Glocke
durchdringt die Leere des weiten Tals,
wenn der Wind weht in Gestalt
eines schlanken Kriegers, der dem Fieber entkam.

Er machte sich bereit, das lange Gedicht zu lesen.

»Wie heißt es?«, fragte Neruda.

»Besiedelndes Blut.«

Alfonso las nicht weiter.

Mir genügten meine »Bonbons« mittlerweile nicht mehr, ich schwamm in Lysergsäure wie so viele Intellektuelle jener Tage in Santiago. Obwohl es gar nicht nötig war, ließ die Droge den imposanten und gefährlichen Neftalí Reyes noch größer erscheinen, wenn er mit tiefer Stimme seine Gedichte hinter einer vollkommenen Maske, vielleicht aus Pappmaché, rezitierte. Der Rauch und die Drinks stiegen uns aus dem Magen in den Mund, und ich fragte mich: Wofür zum Teufel schreibe ich noch, nachdem ich dieses Genie gehört habe?

Er warf den anderen Dichtern Brotkrumen hin, indem er ihnen gestattete, etwas vorzutragen. Ich tat es nie, denn ich vermutete, dass der schalkhafte, kaum gebändigte Geist dieses Indios sich lustig machen würde. Eines Nachmittags öffnete er seinen Schlund und sprach mich an:

»Liest du nichts?«

Ich pinkelte mir beinahe in die Hose.

»Nein …«

Alle zwei Tage brachte ich meine Notizen in die Zeitungsredaktion und einmal veröffentlichte ich einen Artikel über Neruda. Eine Woche lang mied ich den Literaturkreis, ein wenig beschämt, ein wenig verängstigt.

Als das Ungeheuer auf seine Isla Negra zog, fuhr ich uneingeladen hin und besuchte den Zirkel. Wie jemand, der unter Wasser lauscht, hörte ich, dass er den Artikel kommentierte. Ich weiß nicht, was ihm daran gefiel, aber er machte sich nicht lustig. Beinahe wäre ich Pablo verfallen.

Ich stoppte mich rechtzeitig, denn er hatte Zeit für alle Frauen. Außerdem war ich gegen die Liebe geimpft. Und mich erweichte die Gewissheit, den Dachboden des Ungeheuers zu bewohnen, das über seine kindliche Armut in jener Wellblechhütte nachdachte, die der kieswirbelnde Wind verwüstet hatte. Der Hagelsturm zerbeulte die Hütte, wenn der Wind wütend zunahm. Mich bekümmerte die wiederholte Geste des Dichters, sich die Ohren zuzuhalten, wie um ein altes Klagen verstummen zu lassen.

Ich fragte ihn: »Sie wurden in Temuco geboren?«

»Ja, in Temuco. Dort bellen die Hunde orientierungslos in der ozeanischen Nacht, es ertönt der Chor der Frösche am Wasser, und dieses Wassergeräusch, dieses Streben der Wesen, breitet sich aus und mischt sich unter das Tosen des Windes. So vergeht die Nacht, von Ufer zu Ufer gepeitscht von den abweisenden Winden, wie ein Ring aus dunklen Metallen vom Norden bis zu den Glockentürmen im Süden geworfen. Das einsame Morgengrauen, getrieben und gehalten wie ein vertautes Boot, schwankt bis zum Mittag, und in der Einsamkeit des Dorfes taucht der Nachmittag die Dächer in Blau, weißes Hauptsegel des verschwundenen Schiffes.

Vor meinen Fenstern lehnen sich hinter den grünen Obstbäumen, weit entfernt von den Häusern am Fluss, drei Berge gegen den ruhigen Himmel. Umbra und Ocker, Parallelogramme aus Ähren und Saat, Feldwege und Gebüsch, einzelne Bäume. Der große Hügel voll goldenem Korn bricht langsame, gleichmäßige Wellen vor dem Gipfel. Dann zieht der Regen ins Bild, fällt kreuzweise vom weiten Himmel. Ich sehe die großen, goldenen Sonnenblumen sich krümmen und den Horizont sich verdunkeln mit seinem wallenden Schleier. Es regnet auf das Dorf, das Wasser tanzt von den Vororten von Coilaco bis zur Wand der Berge; der Sturm fegt über die Dächer, dringt auf die Höfe und Sportplätze; überzieht am Ufer des Flusses, zwischen Gestrüpp und Steinen, die Felder mit Erscheinungen von Traurigkeit. Regen, Freund der Träumer und der Verzweifelten, Kompagnon der Faulen und der Sesshaften, belebe, brich deine gläsernen Schmetterlinge an den Metallen der Erde, fege über Antennen und Türme, peitsche auf Häuser und Dächer, zerstöre den Tatendrang und hilf der Einsamkeit derer, die mit verzweifelter Miene hinter den Fenstern stehen und deine Anwesenheit ersehnen. Ich kenne deine unzählbaren Gesichter, ich erkenne deine Stimme und bin dein Wächter, ich bin der, der zu deinem Ruf erwacht in diesem furchterregenden irdischen Sturm und der den Schlaf flieht, um deine Schätze einzusammeln, während du auf Wege und Gehöfte niedergehst und mit dem Klang drohender Glocken die Früchte der Nacht durchtränkst auf deinen kurzen sinnlosen Reisen. So tanzt du und hältst dich zwischen tiefblauem Himmel und Erde wie eine große silberne Spindel, die sich zwischen ihren durchsichtigen Fäden dreht. Zwischen den nassen Blättern hängen schwere Tropfen wie Früchte von den Ästen; Geruch nach Erde und feuchtem Urwald; ich öffne das Tor und trete auf herabgefallene Pflaumen, laufe unter den nassgrünen Aststümpfen entlang. Plötzlich erscheint der Himmel dazwischen wie der Grund meiner blauen Tasse, gerade gereinigt vom Regen, gehalten von den Ästen und überaus zerbrechlich. Der Hund begleitet mich, tropfnass wie eine Pflanze. Auf dem Weg durch das Maisfeld weicht er kleinen Schauern und biegt die großen Sonnenblumen, die mir plötzlich ihre üppigen Kokarden an die Brust heften. Dann erscheinst du, bestürzter Tag, der Flucht des Wassers gewiss, und eilst geduckt unter dem Sturm, den Bergen entgegen, umfängst zwei goldene Ringe, die sich in den Pfützen des Dorfes verlieren.

Da ist eine Eukalyptusallee, Tümpel unter den Bäumen, gefüllt mit ihrem starken Winterduft. Der große Schmerz, das Leid der Dinge wird stärker auf meinem Weg. Die Einsamkeit ist immens um mich herum, die Lichter beginnen, in die Fenster zu klettern und in der Ferne heulen die Züge, bevor sie sich zwischen den Feldern verlieren. Es gibt ein Wort, das den Kummer dieser Stunde beschreibt, ich suche es auf dem Weg unter den schweigsamen Eukalyptusbäumen, und kleine Sterne beginnen, in den sich verdunkelnden Pfützen aufzublitzen. Das ist die Nacht, die sich von den Bergen bei Temuco herabsenkt.«

Und all das durch die Pappmachémaske.

Ich überlegte, mir selbst eine Katharsis in Form von Gedichten zu gönnen und besuchte den Verleger von Alfonso Gómez Líbano mit einem Bündel Gedichte. Er fand sie gut und publizierte sie. Ach … Ich konnte mich nicht von allem erlebten Elend reinigen. Das war unmöglich, weil die Hausgeister jedes Einzelne der Gedichte mit ihrem zwielichtigen schmutzigen Blut bespritzten. Ich ging aufs Ganze und bat Neruda um eine Empfehlung, um Notizen und Fotos auf der Osterinsel zu machen. Eine halbe Stunde später hielt ich sie in der Hand.

Nach drei Jahren in Santiago zog ich weiter, mit einem guten Fotoapparat und einer tragbaren Schreibmaschine.

Osterinsel

Vierhundert Kilometer vor der chilenischen Küste ist der Boden von Rapa Nui vulkanisch, von elefantengrauer Färbung, wie gespanntes Leder über der Provinz Atacama, zu der die Insel gehört. Vom Meer steigt ein bläulich-violetter Nebel auf und man lehnt sich zurück in einem verunglückten Hintergrund und erwartet, dass *Der Koloss*, diese schwachsinnige Goyeske, wie ein Pilz aus dem Wasser aufsteigt. Auf dem archaischen, damals weichen Boden, hinterließen riesige Füße ihre Spuren wie Botschaften neben den Monumenten. Zwischen spärlicher Vegetation ragen großköpfige Steinfiguren auf, Werke, wie es heißt, einer verschwundenen Kultur. Oder sind es die Götzenbilder eines unvermuteten Heidentums?

»Nachts singen sie«, sagte mir ein Einheimischer.

Das konnte ich bestätigen. Die Nacht singt im Wind der Gesichtshöhlungen in fünfzehn Meter Höhe. Wem widmet sie ihre Gesänge? Vielleicht einem Volk von Argonauten, das der Pazifik versteckt? Oder den Bewohnern der anderen Inseln, die wie Galeonen einer fantastischen und unmöglichen Flotte gestrandet scheinen?

Man entdeckt die Stimme der stummen Heimat oder antiken Rapa Nui. Man grüßt den Krater, Rano Raraku.

Man verwandelt sich in einen Lehrling der Vulkane, wie Pablo Neruda als Kind, sieht die Zungen des Aconcagua, das Feuer des Tronador. Und wie in Nerudas *Geteilter Rose* sieht man in der Dämmerung das Feuer von Villarrica im Knistern der flammenden Wälder das Vieh vernichten.

Es heißt, die Inseln seien entstanden, weil der Wind Ton, Lehm und Samen aufs Meer wehte. Daraus seien Melanesien und später Polynesien hervorgegangen. Die Finger des Herrn Wind modellierten aus feuchtem Ton die erste Statue, und mit schelmisch-kindlicher Freude riss er sie selbst gleich wieder ein. Er schuf eine zweite Statue, diesmal aus Salz, und mit der Wut eines eifersüchtigen Künstlers löste das Meer sie auf. Der Herr Wind demonstrierte seine Macht über jede andere Macht, indem er die Moai-Stille aus Granit für die Ewigkeit schuf. Und das Wesen dieser Stille blickt aus den Augen des Steins. Es riecht mit seiner Bugnase. Misst die Distanz von der klaren Form des Rechtecks aus. Dem Herrn Wind gefiel es, seine steinernen Zyklopen in liebevoller Vereinigung mit den Brisen von Ozeanien zu mehren und es erwuchsen die riesigen Köpfe mit ihren langen Hälsen und ihrer strengen Beständigkeit.

Besorgniserregende Beständigkeit. Wie für die Ewigkeit.

Ich schrieb mit der Maschine auf einem flachen Felsen, schickte die Aufzeichnungen auf das Festland und erhielt am Ende jeden Monats ein Gehalt. Ich schoss gestochene und sehr interessante Fotos. In gewisser Weise war ich zu meiner ländlichen Kindheit zurückgekehrt, denn ich aß unter freiem Himmel und meine Neigung zum Selbstgespräch verfestigte sich. Das Schlimmste war die Sucht, auch wenn ich sie mir nicht eingestehen konnte. Ein zerstörtes, zerbrochenes und gefallenes Gesicht, Nase in der Felsküste der Insel vergraben, das eingesunkenste von allen, jenes, das zur Lava am Grund des Ozeans am Nabel der Welt zurückkehren möchte, sang eines lilablauen Abends für mich: »Einzige und perfekte Liebe.«

Ich fiel auf die Knie und küsste den Kalk, verabschiedete mich, um in mein Land zurückzukehren.

Rückkehr nach Hause

Ich kehrte im August 1948 auf die Quinta zurück, als die Zäune aus Ginster und Mimosen den Ton im Laubwerk bestimmten und die Landschaft vergoldeten. Ich glaubte, eine riesige Harfe für mich spielen zu hören, in der Ferne die Noten ziehen zu sehen wie die Wolken des Winters, der bald vorüber wäre.

Ich strich um die Zäune, verspürte keine Eile, nach einem halben Jahrzehnt der Abwesenheit das Grundstück zu betreten.

Ariel sah mich und kam angelaufen wie eine Matrone, denn er hatte Gewicht zugelegt. Wir plauderten über Gott und die Welt.

»Deine Großmutter ist im Juni verstorben.«

»Ah …«

»Arnaldo hat geheiratet und ist schon wieder geschieden.«

»Der Schwachkopf.«

»Ich habe nach Santiago telegrafiert, als das mit deiner Großmutter passiert ist.«

»Ich war nicht in Santiago, und es ist auch egal, ich wäre sowieso nicht gekommen.«

»Luis wurde zwei Jahre nach deiner Abreise Witwer,

aber ich hielt es nicht für angebracht, dich zu benachrichtigen.«

»Warum nicht? Ich wäre zurückgekommen.«

»Du kannst ihn jetzt besuchen. Er hat seine Adresse am Nachrichtenbrett hinterlassen.«

»Das ist so lange her … Meinen Sie wirklich?«

»Du solltest ihn so bald wie möglich aufsuchen.«

Er informierte mich weiter: eine Revolution 1943, ein Volksaufstand 1945; ich hatte davon in Santiago in den Nachrichten gelesen und mich gefragt, wie es Luis wohl ging nach dem Sturz der konservativen Partei, der er angehörte. Lula war nach Europa versetzt worden; eine dogmatische Versetzung. Ich verbrachte ein ganzes Jahr auf der Quinta, ohne mich zu trauen, einen Schritt in Richtung Luis zu tun.

Ich trug seine Notiz von hier nach da, ohne auch nur die Adresse, die Straße des Geliebten zu lesen. Ich wusste intuitiv, dass ich mich vorsehen musste. Ich fuhr nach La Plata, ging ins Reisebüro. Ließ für alle Fälle meinen Pass verlängern. Europa war mein Ziel. Die Stadt leuchtete in einem aggressiven, lindenduftenden Frühling. Bewegt von den süßen kleinen Kobolden meiner Jugend und von meiner geschärften Empfindsamkeit spürte ich den altbekannten Bronchienschmerz. War dieses Unwohlsein, das wie Wasser durch meine Augen und meine Nase floss, eine Allergie?

Oder Tränen der Trauer. Die Kobolde und die Geister der Quinta hätten mich nie zum Weinen gebracht. Ich weinte um Luis. Wunderlampe. Ich schluckte eine Pille aus ihrem blaugläsernen Bauch und traute mich derart gestärkt, die Adresse auf dem Zettel vom Nachrichtenbrett anzusehen. Ich trank Kaffee. Die Welt gehörte mir. Ich sagte zu Bertha, die an ihrem Silberkettchen um meinen Hals hing: »Bertha, jetzt, da uns die Welt gehört, lass uns zu ihm gehen.«

Euphorisch drückte ich auf die Klingel des Apartments. Eine Pförtnerin oder Bedienstete sagte, dass der Doktor um sechzehn Uhr zurück sein würde. Als sie die Tür schloss, schob ich eine Notiz unter der Tür hindurch: »Ich werde heute und morgen auf dich warten, auf der Quinta, zu jeder Tag- und Nachtzeit.«

Und noch am selben Tag wurde die Quinta abends um sechs von seinem Parfum in Beschlag genommen. Es drang auf den Dachboden. In seinem Bann hielt ich die Vorsicht, die ich mir auferlegt hatte, für albern, und verließ die Treppe runterrennend mein Exil, hinab in das ehemalige Haus der Menschen, um die Zeit der Liebe, der einzigen und perfekten Liebe, wiederaufleben zu lassen.

Doch Luis war nicht derselbe wie früher …

Er reichte mir förmlich die Hand und sah mir nicht in die Augen. Wir redeten nur dummes Zeug und nach kurzer Zeit verabschiedete er sich wieder. Ich hörte den Motor seines Automobils, bis es nur noch ein Rauschen war.

Ich schämte mich, wie damals, als mein Vater mir gesagt hatte: »Deine Mutter hat einen Jungen geboren.« Ich beneidete die Toten: meine Eltern, Juan Sebastián, meine grässliche Großmutter, und mit leiser Stimme rezitierte ich zwei Verse von Rimbaud, die zu diesem elenden Moment gut passten:

Ein Strahl vom Himmel
zerstörte diese Komödie.

Oh, ja … ich musste zerschneiden, zerreißen, zerfetzen, Anker lichten. Wie gut, dass ich meine Papiere auf Stand gebracht hatte.

Pariser Initiation

Technische Angelegenheiten zogen die Reise in die Länge. Ich schlief ein wenig, Tabletten. Als einziges Gepäck hatte ich meinen Seesack dabei, denselben, in dem ich mit Bertoldo und Juan Sebastián die Fundstücke gesammelt hatte. Ich las in einem Text, der mich immer begleitete, ein paar Verse von Rimbaud:

Ich beneidete die Tiere um ihre Glückseligkeit,
die Raupen, die die Unschuld der Vorhimmel verkörpern,
die Maulwürfe, den Schlaf der Ewigkeit.

Ich dachte, dass ein Strahl vom Himmel meine Komödie zerstört und mich in die *merde* geritten hatte. Ariel hatte in meinem Namen Dollar bei einer Pariser Bank hinterlegt; etwas Bargeld hatte ich für alle Fälle in der Tasche. Ich flog fünfzehn Stunden lang. Am Flughafen von Paris stieg ich aus, allein und ohne wartende Angehörige, und ich erinnerte mich an den Tag meiner Erstkommunion.

Ich sagte zu Bertha: »Schluss mit dem Selbstmitleid, wir suchen uns jetzt einen Ort für uns beide.«

Mit einem Taxi fuhren wir in Richtung Sacré-Cœur und fanden mit Hilfe des Chauffeurs ein Zimmer über einem

Bäckereigeschäft. Es hatte eine kleine, vom Wohnraum durch einen Cretonne-Vorhang abgetrennte Dusche, und das Duschwasser floss durch ein Holzgitter. Es gab eine Garderobe in Form einer Harfe. Ich seufzte: »Die Dachböden verfolgen uns.«

Von der Bäckerei zog ein köstlicher Duft herauf. Ich ging runter, um nach einem Blatt Salat für Bertha zu fragen, die ich in einer Seifenschale auf dem Nachttisch ablegte, und zog in die Nacht.

Ich war eine hungrige Bestie, ein verfrorenes Tier in Trauer kurz vorm Heulen.

Ich streifte durch die bläulich-violetten Schatten, Spitzen gotischer Nadeln, bis ich das Neonlicht erreichte. Für ein Stück stieg ich ins Taxi. Die Patisserien verstärkten meinen Hunger. Die Parfümerien verstärkten die Präsenz von jemandem, der französisches Rasierwasser benutzte. Ich betrat eine Bar. Am Kamin stärkte ich mich mit Fisch, Kartoffeln und Maronen. Ich trank Cognac und flehte um Gesellschaft. Ich war so dünn, dass ich Sorge hatte, übersehen zu werden oder unsichtbar zu sein. Da ich nur ein Eckchen des Tischs in Anspruch nahm, besetzten die drei jungen Leute den Rest. Mein Flehen war erhört worden. Ich wollte mich für Psychologie einschreiben und sie auch.

Nach dem Essen luden sie mich auf ein Wasserspeier-Bad ein, zur Eulentaufe. Es regnete. Als es aufhörte, spuckten die Ungeheuer von Notre-Dame rostige Schwälle in die Seine. Wir lehnten uns zurück und empfingen einen Regenwasserzauber, der uns zu Kindern der Pariser Nacht machte. Ich wurde von drei Geschwistern adoptiert: Pauline, Solange und Jean. Nun waren wir vier Geschwister, die den Geruch der Mansarden liebten, in die man über lange, schmale und gewundene Wendeltreppen gelangt; Streichermusik, die nur wenige hören können, weil sie von Saiten aufsteigt, die von durchsichtigen Händen gezupft werden, von Fingern mit goldenen Fingerhüten; Türen, deren modrige Schlüssellöcher von juwelengleich geschliffenen Schlüsseln geöffnet werden; die amouröse Symbiose, die einen gewöhnlichen Menschen in den idealen, einzigen und perfekten Geliebten verwandelt.

Wir amüsierten uns mit Unternehmungen außerhalb unserer Zeit. Fegten Asche am Fuße der Akazien. Rieben uns mit Alraunwurzelsaft ein. Mit Rizinus- und Kampferöl. Und um die uns gemeinsame Lichtscheu zu überwinden, versteckten wir uns in großen alten Truhen, bis wir es nicht mehr aushielten. Ich habe mir die Lichtscheu in Paris zugezogen, weil ich in der Neonnacht lebte, im elektrischen Licht, im Schein von Gas- und Kerosinbrennern.

Ich war über den Ozean aus Luft gekommen, um mit meinen ungewöhnlichen Antennen diese drei Hochbegabten aufzuspüren. Oder haben sie mich aufgespürt? In den Psychologiestunden stachen wir – nach kurzer Zeit – hervor.

Durch Widerrede qualifizierten wir uns als studentische Hilfskräfte und ich machte mich unabhängig von Ariels Geldtransfers und vom Schlangestehen bei der Bank.

Es war Winter und Nacht, als Solange sich in die Seine fallen ließ. Sie wurde rausgefischt, Triller zwischen den Speischwällen der Gargoylen, die den Fluss an seinen Ufern kräuselten, rausgefischt wie ein großer Fisch und mit Algen übersät, die sie beinahe auf den Grund gezogen hätten.

Sie reagierte noch und wir brachten sie in die Herberge in Sacré-Cœur. Wir entfachten den Dauerbrenner und machten es uns plaudernd im Turm gemütlich, als wäre nichts geschehen. Die Polizei akzeptierte das Geschehene als Unfall. Solange bat ihren Bruder um einen Alraunwurzelsaft, und er servierte eine wilde, flüsternde, funkensprühende Flüssigkeit, deren Sprache ich verstand.

Wieder bei uns, verließ Solange in unserer Mitte das Haus. Sie konnte kaum vier Block weit laufen. Ausgestreckt auf einem Kordsamtsofa schien sie sich zu verflüssigen, und beim zweiten Blick fürchtete ich, es könnte nur ein feuchter Fleck von ihr bleiben. Sie wurde nun seit vierundzwanzig Jahren von ihren beiden Geschwistern getragen. Rückgratlos und klug erklomm sie jeden Ort. Sie sah aus wie Michèle Morgan in *Und es ward Licht*.

In unserer Stammbar gab es eine mit Krebstierskeletten verzierte Wand: Kakerlaken, Heuschrecken, Langusten, Garnelen, allesamt von irgendeinem geduldigen und originellen Kunsthandwerker in Musiker mit Gitarre, Geige und Bassgeige verwandelt. Vor dieser Kulisse rastete Solange, blasser Aal vor Mauer.

Ich fragte Jean: »Was hast du ihr zu trinken gegeben?«

»Alraunwurzel.«

Solange spielte mit einer seltsamen Terrakotte in ihren Händen. Sie hing an einer silbernen Kette um ihren Hals; ich sah ihre drei Gesichter in einem Dreieck und bemerkte die kreisende Bewegung.

»Zeig sie Chela«, sagte Jean.

In meiner Hand pochte sie wie eine Arterie.

»Wir sind Druiden«, erklärten sie mir einstimmig. Sie

besaßen ein Schloss im Land der Karnuten und ihre Ursprünge gingen auf die Prähistorie zurück. Sie war von 1200, die Villa. So flüsterten es mir die drei Geschwister Flamel de Taliesin ein. Sie luden mich an ihren Herkunftsort ein. Die Zugreise dauerte die ganze Nacht, wir nahmen eine Woche frei. Es stand eine Initiationszeremonie für einen Jungen namens Lazare an, und auch ohne zu fragen, in was er eingeweiht wurde, verstand ich, dass sie einer der zahlreichen Sekten von Paris angehörten. Ins Schloss gelangte man über eine ehemalige Hängebrücke, die mittlerweile verstetigt war. Die Spanische Festung schien durch ihre Ochsenaugen die Wiesen zu beobachten, und sie öffnete sich dem Außen durch von runden Türmchen flankierte Fenster mit historisierenden Simsen und Wachzinnen. Ein Pavillon im Park imitierte die Kapelle, und an der Front zeigte das Familienwappen das Dreiphasenmedaillon.

Dort las ich: »Eure-Cher«, die Namen zweier Flüsse.

Ich bewunderte den mittelalterlichen Speisesaal mitsamt Gestühl, Platz für die Dienerschaft und Handlauf für Spielmänner und Hofschenken. Meine drei Freunde verschwanden. Ich erklomm eine von den Jahrhunderten mitgenommene schmale Wendeltreppe zum Rittersaal mit Pferden aus Leder und wächsernen Rittern in Rüstung, die mit gallischen Augen durch die Visiere spähten, wie Trübsal blasende Tiger, Katzen oder Hasen. Ich bewunderte kümmerliche Haarlocken in Medaillons zwischen Bändern und Korseletts in Vitrinen. Alles beschriftet mit Namen und Datum. Ich zählte vierundsiebzig Dinge. Ich war auf dem besten Dachboden der Welt gelandet. Damals konnte ich mir nicht vorstellen, dass ich noch etwas viel Außergewöhnlicheres erleben würde. Aber das geschah erst viel später.

Ich ging in den Wald und entdeckte an einer Mauer eine weitere Wendeltreppe, die zu einer alten Mansarde führte. Ich kletterte hoch und klopfte an die Akazienholztür, und als sie nachgab, sah ich meine Freunde.

Ich weiß nicht, ob sie mich informierten oder ob das Gespräch zwischen ihnen verlief.

»Solange ist schwanger«, sagte Jean.

Pauline meckerte: »Ihr hättet aufpassen müssen.«

Solange versicherte: »Das wollten wir nicht.«

Ich zog unerhörte Schlüsse.

Jean entschied: »Wir sprechen mit Großmutter.«

Ob die Alte so grässlich war wie meine? Ich begriff, dass diese Familie in etwas Schlammigem wurzelte und erinnerte mich an das Loch im Hof von La Angelina und an unseren Fund. Ich erinnerte mich an Juan Sebastián.

Fünfzehn junge Männer waren eingeladen, den Initiationskreis für Lazare zu bilden, alle von reinster Abstammung, das heißt, Nachfahren der Ortsgründer. Eine äußerst geschlossene Gesellschaft. Ich will hier namentlich nur Jules und Sabine de Saint-Germain nennen, Geschwister, sie verheiratet mit einem Schwarzen, Remus de Tamise, und von asymmetrischer Gestalt. Unsere Freundschaft hielt viele Jahre. Das Bankett zu Lazares Ehren brachte seine Aromen in Einklang mit dem Talgduft der Kerzen, denn es gab kein elektrisches Licht. Die Fackeln an den Wänden veranstalteten ein Schattenspektakel. Es wurden kalte Häppchen mit Geflügel und Fisch serviert und unentwegt

Champagner nachgeschenkt. Ich bemerkte, dass Lazares Eltern nervös waren.

Mein Geist machte mich anfällig für Wunder jeder Art und ich versuchte, mich mit den Spiritualisten der Gruppe zu verbinden. Ich schlug längst verklungene Saiten an, schärfte meine Sinne, nahm Kontakt auf mit Jenem aus dem Paralleluniversum, greifbar wie dieses, auf dem wir stehen. Und die tanzenden Schatten verwandelten Solange in einen langen Stängel, dessen schwache Umrisse sich um die Säulen schlangen. Sie trug ein grünes Gewand aus Seide. Ihre Geschwister führten uns zum Pavillon und wir stiegen in die Mansarde, an deren Eingang ich auf Französisch las: »Gruft«. Die Anwesenden setzten sich ihrem Rang entsprechend auf Schemel. Ich hatte keinen Rang und setzte mich zu Jules, der vor sich hinkicherte. Jean stimmte eine alchimistische Litanei an:

Wenn der Stein perfekt zu dir passt
lässt er gut aus böse werden
macht dich tolerant, zart und milde
kappt die Wurzeln aller Sünde in dir
und lässt dich in Zukunft
frohlocken über die Gnade
die du erfährst
nach dieser Prozession.

Jules erklärte mir (in mein Ohr flüsternd): »Die Prozessionsspinner sind Raupen, die fortdauernd die Bäume abnagen; sie können alles fressen, außer Eichen.«

Jean flehte indessen:

Bei dieser Prozession
erlangen wir ziliare Konsistenz
und plagen jene
die uns zerstören wollen;
lasst uns die Epithele sprengen
und zu Schmetterlingen werden;
wir lassen uns nieder
auf der totemistischen Eiche.

Jules flüsterte mir wieder zu: »Die in der ersten Reihe sind schon Schmetterlinge, wir sind Würmer.«

Als Wurm begann ich, über die gravierten und grünlichblau glasierten Mauern zu kriechen, wo ein doppelköpfiger Engel eine junge Eiche beschützte, ein Vogel sich die Federn vom Kropf rupfte und drei Schlangen ihre Zungen nach dem Vogel ausstreckten; hinter dem Engel, ein Löwe mit acht Beinen, zwei fiedelnde Ziegen, und ein großes schwarzes Siegel, auf dem geschrieben stand: »Spiritus Facro Fancti Gratia. Non Ex Mes Fcientia, Fed Ex«. Auf einer dicken Säule sah ich über die ganze Länge Symbole notiert. Und das erinnerte mich an ein Buch aus der Bibliothek meines Großvaters, dessen Kupfereinband Baumrindenseiten hielt, in drei Teile à sieben Seiten gegliedert, um das Exlibris windet sich eine Schlange und eine zweite hängt am Kreuz, während aus einer Quelle weitere Nattern sprudeln. Eine goldene Inschrift ziert die Ränder: »Abraham, der Jude, Prinz, Priester, Levit, Astrologe, Philosoph, wird die Nation der Juden in Gottes Auge unter die Gallier verstreuen. Segen. DI.« Es war ein im Jahre 1357 von Nicolas Flamel unterzeichnetes Dokument. Ich robbte an einer anderen Säule abwärts und sah die Kreuze darauf: das Anch-Kreuz, das griechische, das lateinische, das Patriarchenkreuz, das Antoniuskreuz, das Andreaskreuz, das Malteserkreuz, Kruckenkreuz …

Ich fiel träge auf den Boden. Die Initiierten nahmen aus einer Truhe dominoförmige Talare mit Hakenkreuzen auf der Brust; wir Würmer hatten kein Recht, sie anzuziehen.

Solange hob eine dampfende Retorte in die Höhe und sprach:

Seit aller Ewigkeit existent
ward ich nicht geboren
durch Vater und Mutter,
sondern durch eine wesentliche
Kraft der Natur:
durch die Blätter der Bäume,
die Früchte der Wälder,
die Blumen der Berge.

Ich habe des Nachts gespielt
und in der Morgenröte geruht.
Ich war Schlange im Sumpf,
Adler über den Gipfeln,
Wolf im Wald.

Lange bin ich durch die Welt geirrt
bevor ich die Wissenschaft fand,
in hundert Welten habe ich gelebt
und mich in hundert Kreisen bewegt.

Der Chor der Schmetterlinge antwortete ihr:

Wir errichten die Dolmen und Menhire
in der Morgenröte der Zeiten; als Chartres
noch nicht jenes war, schwenkten wir
die Flagge der Karnuten.

Mit Feuer werden wir die Feinde
des reinen Volkes vernichten,
deren Asche im Meer versinken wird.

Vor den keltischen Invasoren, vor den Ariern
im goldenen Zeitalter der Megalithen, da herrschten wir.

Wir werden wiederkehren … wir werden wiederkehren …
Wer sich uns in den Weg stellt
wird dem Feuer übergeben, Mutter der Reinheit.

Schwarze Kerzen wurden entzündet. Solange steckte die Hand, den Arm und sogar den Ellenbogen in einen Weidenkorb und holte eine Schlange heraus, die sich in harmonischer Sanftheit bis um ihren Hals wand. Ich erinnerte mich an die winzigen Schlangen auf der Quinta, mit denen wir immer gespielt haben, und bekam Sehnsucht nach dem Paradies. Die Initiierten tranken abwechselnd aus derselben Karaffe, in Trance, fielen auf den Boden und gestikulierten. Da der entscheidende Moment für Lazare gekommen war, mussten die Würmer den Raum verlassen.

Jules sagte: »Die amüsieren mich.«

Ich fragte: »Was geschieht jetzt mit Lazare?«

»Falls sie ihn töten, wird er wieder auferstehen.«

Eine schmutzige Morgendämmerung drang durch die Ochsenaugen herein.

»Was haben die Initiierten getrunken?«

»Alraunwurzelsaft.«

Eine Stunde später stießen sie zu uns.

Sabine und Jules

Jules lud mich zu sich nach Hause ein: »Mach dir keine Hoffnungen, es ist kein Schloss.« Mit seiner Schwester und seinem Schwager teilte er sich eine große Wohnung. Ich wohnte dort für eine Weile, das kam mir gelegen, weil das Psychologische Institut in der Nähe war. Natürlich nahm ich Bertha mit. Sabine erzählte mir, dass sie ein großes Schloss besaßen, es aber an die Gemeinde vermieteten, was ihnen ein gutes Auskommen gab. Sabine de Saint-Germain war »anders«. Schön in ihrer Jugend, hatte sie ein Knochenleiden zu erdulden, das ihr einen dicken Buckel auf den Rücken gepflanzt hatte. Seither blickte sie beim Gehen zu Boden, als suchte sie etwas Verborgenes, Unauffindbares. Aber sie war so intelligent und feinsinnig, dass es eine wahre Erholung war, mit ihr Zeit zu verbringen; sie bestritt die ganze Unterhaltung und informierte mich, immer im Bilde über das Neueste aus Kunst und Literatur, besser als jede Kulturzeitschrift. Angenehm, gewitzt, ironisch; Sabine war meine Freundin.

Jules war schon zweiunddreißig, sah aber aus wie achtzehn. Ich sehe ihn vor mir: ebenso feinsinnig wie Sabine, wenn auch etwas melancholisch, Holz- und Edelmetallliebhaber. Stunden um Stunden begeistern wir uns gemeinsam für die dramatischen Emailarbeiten der Tempel, die italienischen Fenster und das Sèvres & Limoges-Porzellan. Jules umgibt eine Aura von Wachs und Moschus, er erinnert mich an niemanden und nie werde ich jemanden treffen, der ihm ähnelt. Seine Intelligenz geht Hand in Hand mit seiner Finesse. Auch wenn seine seidenen Hemden Rüschenärmel haben und er seine Anzüge bevorzugt aus Samt schneidern lässt, wird er niemals anachronistisch, schon gar nicht lächerlich wirken.

»Wenn ich mich selbst leid bin, bringe ich mich um.«

Er übt mit mir die »argentinische Sprache« und findet sie weicher als das kastilische Spanisch, das er »ordinär« nennt.

»Chelita, dich könnt ich heiraten. Du bist so ein feiner Kerl.«

»Ich habe nicht vor zu heiraten.«

Da habe ich ihn angelogen.

August 1949. Wir wollten nach Madrid fahren, weil ich mit einem Roman einen Wettbewerb gewonnen hatte; vielleicht ein paar Peseten einstreichen, die konnte man immer gebrauchen. Jules, Bertha und ich. Spanischer Sommerhimmel. Der Blauste von ganz Europa. Der Italienische ist strahlend und dieser hier ein Votivmedaillon. Wir fuhren in den Retiro-Park, um die Statuen anzuschauen, und wandelten auf der Esplanade, was vor der Republik den Königen und ihrem Hof vorbehalten war. Auf dem Rückweg stöberten wir in den hübschen Geschäften auf der Avenida José Antonio und kamen am Cibeles-Brunnen vorbei. Die parfümierte Stadt erinnerte mich an das lindenduftende La Plata. Auch wenn der Duft von Madrid das exotische Spektrum des Mittelmeers war.

Wir nahmen also Urlaub vom Dachboden und unterwarfen uns einem bezaubernden Despoten: der Muße. Auf dem Rasen der Gärten am Prado sitzend warteten wir auf die Öffnung des Museums, kauften Eintrittskarten, und schon standen wir bei Goya im Saal.

Jules flüsterte: »Chelita, das sind wir beide, du mit siebzig und ich mit hundert.«

Zwei Alte beim Essen. Versunken im Wasser des Spiegels komplettierten wir in der Rotunde von »Las Meninas« die Familie von Philipp IV.; die Infantin Margarita erinnerte mich an Lula, die einzig normale, und einer der Zwerge an Juan Sebastián. Über den Rahmen schienen die Charaktere das Gemälde zu verlassen, um einen Gang durch den Prado zu machen.

Als der Oktober begann, die Stadt abzukühlen, fuhren wir zum Verlag, und ich erinnerte mich an Señor Roux und meine Mutter. In seiner schäbigen Klitsche sagte der Verleger: »Ich habe die Auflage dieses Romans schon abverkauft.«

»Hat er Ihnen gefallen?«

»Aber sicher.«

»Und was haben Sie mit den Peseten gemacht?«

»Kennen Sie beide die Autorin?«

Jules' Ellenbogen rammt sich in meine Rippen und ein mildes Licht erfüllt mich, denn dieser Alte ist schlussendlich, wie alle Spanier, doch ein Señor.

»Wenn Sie noch ein paar Exemplare haben, nehmen wir gerne welche mit.«

»Was werden Sie der Autorin sagen?«

»Dass das Buch in die Tonne gekloppt wurde.«

Jules verstand nicht, warum der spanische Herr wütend wurde, Tonnen waren nicht sein Metier.

Er schlug vor, die Geschichte zu verfilmen. »Wir könnten in unserem Schloss drehen.«

»Das ist doch vermietet.«

»Dann lassen wir es räumen …«

Beinahe wäre ich in Tränen ausgebrochen, weil ich das Gefühl hatte, dass er mich beschützt. Das Angebot schlug ich aus.

Wir tranken Manzanilla im Manila auf der Avenida, und dann gingen wir in den Prado. Bei einem großen Fenster, das zum Park zeigt, schläft eine Ariadne aus rosafarbenem Marmor, nichts beunruhigt sie, nichts ärgert oder piekst sie, sie ruht in einem bronzenen Bett, weit weg vom Kretischen Stier und vom Minotaurus. Sie fürchtet die Ungeheuer nicht mehr. Ich streichelte ihre glatten Füße, gefühlsverwaist, mit bläulichen, aber blutlosen Venen.

Jules erklärte sich mir: »Ich werde nicht untreu sein wie Theseus.«

Ich antwortete: »Wir sind Abkömmlinge von Stier und Minotaurus, sogar von Charybdis und Skylla, unsere monströse Sippe muss sich ausmerzen.«

Wir hätten perfekt sein können, aber unter den Menschen gibt es keine Perfektion und irgendein Unglück würde uns ohnehin brechen.

Wir sprachen vom Louvre und von diesem Schmuckstück, das auf einem Treppenabsatz steht, sich mit einem Stoß des Torsos zum Fliegen aufschwingen will, die Hüfte angespannt, die Tunika feucht vom Mittelmeer. Solche Perfektion in einem vergänglichen Wesen, die Götter haben es vergolten und geköpft. Jetzt beschmutzt sie kein Grünspan, kein Rauch schwärzt sie, aber niemand wird je erfahren, wie schön ihr Kopf war. Vollkommen führte sie den kosmischen Tanz zu Ehren der Kabiren auf ihrer Insel Samothraki an. Wer hat die Verstümmelung der Perfektion angeordnet?

Hätte Mutter Natur doch nur auf die Alchimisten gehört: »Mutter Natur, schlafe nicht, erschaffe keine schlichten Wesen oder nutzlosen Dinge wie Zinn, Kies und anderes ordinäres Zeug; verteidige deine Grundformel, die dich Gold, Edelsteine und Halbgötter schaffen lässt.« Wenn Mutter Natur sich nicht hätte ablenken lassen, stünden heute diese Autoren auf dem Lehrplan: Bernard von Trevisan, Emmanuel d'Hooghvorst, Basilius Valentinus, Roger Bacon, Ramon Llull, Nicolas Flamel, Arnald von Villanova, Morienus, Lavinius, Trismosino, Philalethes und Du Soucy.

Die kleine Schildkröte schlief in meiner Tasche, und wenn wir uns unterhielten, streckte sie den Kopf und die Beine aus – das merkte ich – und sehnte sich nach einer paradiesischen Zeit, als sie einen riesigen Schutzpanzer aus honigtransparentem Schildpatt trug. Bertha, einzige Verbindung zur heimischen Quinta, ertastete mein Bein und ich erwiderte ihre Zärtlichkeit. Gemeinsam erlebten wir Konferenzen, Konzerte und Museumsbesuche, an großen Unglückstagen leistete sie mir Gesellschaft; es ist nur gerecht, ihr eine Anekdote zu widmen.

Es geschah im Louvre, auf dem Fliesenboden aus blauweißen Rauten im Saal der Karyatiden. Ich setzte Bertha auf den schönen Boden und sie begann, auf einen Punkt zuzukriechen, den sie ausgewählt hatte. Vor der Statue des griechischen Mädchens, das abseits seiner Schwestern von der Akropolis steht, machte sie Halt, hob den runzeligen Kopf, so gut sie konnte, und auf ihren Reptilienwangen blitzten zwei Fünkchen auf, denn Bertha weinte um die unerreichbare Schönheit. Ich sagte ihr: »Weine nicht, Bertha, weder du noch ich könnten das Mitleid der Götter derart erregen, als dass sie uns die Grazie jenes Mädchens im antiken Gewand gewähren würden.«

Noch eine Rückkehr

Am nächsten Tag fuhren wir zurück nach Paris. Ich holte meine Post und fand einen Brief und ein Telegramm vor. In dem Brief teilte Ariel mir mit, dass ich enteignet worden war; er schrieb, dass die peronistische Regierung mir den doppelten Wert für meine Ländereien auszahlen wollte, und dass er das gerecht fand, weil auf dem Gut ein Altersheim untergebracht werden sollte. Der Brief war zwei Monate alt und das Eiltelegramm zwei Tage. Ich entschied, das Studium nicht wieder aufzunehmen und sofort abzureisen.

Am 5. September erreichte ich die Quinta. Ariel erklärte mir ein Dutzend Dinge, die ich mich weigerte zu begreifen. Ich musste im Büro des Gouverneurs Mercante vorstellig werden.

»Kann man das nicht irgendwie stoppen?«

»Leider nein.«

Der Peronismus amputierte das Letzte, was mir geblieben war. Ich stellte Ariel eine Vollmacht aus. Meine Wut exilierte mich auf dem Dachboden. Sara kam hoch wie früher. Mit einem Unterschied: Sie erlaubte sich eine Meinung.

»Wozu brauchen Sie so viel Land, wenn Sie sowieso die ganze Zeit in Frankreich sind?«

Die Welt stand Kopf … sogar Sara hatte angefangen zu denken. Und sie dachte nicht nur, sie sprach von Politik, von der Gewerkschaft, der peronistischen Basis; davon, dass es keine extrem Reichen oder extrem Armen mehr geben sollte. Ich betrachtete die Schwarze. Oh, nein … Sie war nicht dieselbe. Sie hatte ihr Haar glätten lassen und war geschminkt. Beim Servieren murmelte sie: »Sie verlieren doch nichts, Sie bekommen das Doppelte; Ihre Familie war nie wohltätig oder hat den Armen geholfen.«

Sie wollte noch etwas sagen, traute sich aber nicht.

»Spuck es aus, Alte.«

»Mit der schlechten Behandlung ist jetzt Schluss … der Señor Arnaldo ist Abgeordneter und hat ziemlich viel zu sagen.«

Ich hasste sie wie damals, als sie meinen Geburtstag vergessen hatte. Sie fing an, ausgebliebene Gehaltszahlungen nachzufordern und faselte irgendetwas vom Gewerkschaftsbund. Sie zeigte mir Rechnungen: Ich war Schuldnerin dieses Miststücks. Ich stellte einen Scheck aus und verdoppelte die geforderte Summe.

»Wenn Sie mich noch mal nerven, sitzen Sie auf der Straße, verfluchtes Dreckstück.«

Sie zitterte vor demselben Kind, das sie seinerzeit terrorisiert hatte. Ich fühlte mich, als müsste ich wegen einer schweren Krankheit operiert werden und ging raus, um die letzte Bastion zu besuchen, das alte La Angelina. Was kümmerten mich die Greise aus dem Heim? Die Portugiesen, die Lulas Land gekauft hatten, versuchten, mich anzusprechen; ich gab ihnen keine Gelegenheit. Ich stromerte stundenlang durch La Angelina. Riss ein ekelerregendes Enteignungsschild aus der Erde und verletzte mich wegen der Nägel, trampelte auf dem Schild herum und verletzte mich wieder, diesmal am Fuß. Ich würde zurück nach Europa gehen.

Ariel erwartete mich im großen Salon mit einem dicken Umschlag und unterzeichnungsbereiten Papieren.

»Ich konnte alles regeln, schau her, sie zahlen pünktlich, das Gesetz ist streng, aber verlässlich.«

Die Seele meiner Leute in Geldscheinen.

Ich fragte matt: »Wann kommen die?«

Er antwortete begeistert: »Sofort – diese Regierung findet Handeln besser als Reden und Realisieren am allerbesten.«

»Merken Sie nicht, dass ich leide …«

»Chela, man muss mit der Zeit gehen.«

»Ich bin nicht zurückgeblieben, das wissen Sie genau.«

»Du lebst in Paris, bist aber rückwärtsgewandter als Sara.«

Die Invasion

Ich ging auf den Dachboden und sagte zu Bertha: »Iiiha, im Haus der Menschen sind alle irre geworden.« Bertha verschlang ihren argentinischen Salat mit mehr Appetit als das französische Pendant.

Ich betrachtete die Fundskulptur. Im gewohnten Nebel hörte ich das Arpeggio. Eine Pavane für die schlafende Prinzessin, die verstorbene Prinzessin. Das Seidentuch fiel, und der nackige Erzengel war ein totes Kind in der Kälte.

Aus der alten Truhe nahm ich ein Blatt aus dem 18. Jahrhundert und las während langer Stunden »Schlüssel zum Herzen«. Zu allem Übel musste ich an Luis denken.

Einen Monat lang blieb ich auf dem Dachboden, genau da, wo ich jetzt bin, mit denselben Papieren und Objekten. Sara brachte mir wie früher ein Schinken-Käse-Sandwich und ein Glas Limo, die nach Pipi schmeckte, wenn sie warm wurde.

Eines Nachts schreckte mich ein Gegacker wie aus dem Hühnerstall auf. Ich schlich mich an und luscherte, wie damals bei Mama und Señor Roux. Da saßen sechs Weiber, angeführt von Sara, und tranken Tee aus meinen Tassen, die Rüssel in das jahrhundertealte Porzellan versenkt. Ich riss mich zusammen. Später würde ich explodieren.

Ich konfrontierte Ariel damit: »Haben Sie diesen Wahnsinn gestattet?«

»Was ist denn dabei, Chela, sie sind auch nur Menschen …«

»Was muss ich auf den Tisch legen, um Sara zu entschädigen? Ich will sie hier nicht mehr haben.«

Ariel bekreuzigte sich schockiert. Arnaldo kam und wollte vermitteln, sein mangelndes Taktgefühl brachte mich noch mehr in Rage.

»Trittst du in die Partei ein, Cousinchen?«

Ich wies ihm so ungehalten die Tür, dass der Arme dachte, ich bedrohe ihn mit einer Waffe. Ich musste raus aus diesem unverständlichen Urwald. Ich beauftragte dasselbe Reisebüro, wo man mich schon kannte. Aß zu Mittag im selben Restaurant, Bertha in der Tasche. Bis heute verwahre ich die Serviette von jenem Tag. Wir setzten uns in ein Séparée, um zu sehen, ohne gesehen zu werden. Ich ahnte es wohl. Luis trat ein und blieb mitten im Lokal stehen. Ich luscherte, wie immer. Er wies die Bedienung ab, erwartete er jemanden? Eine junge Frau trat ein, klein und dick, das Gesicht voller Akne. Ich sah, wie ein Paar speckige Grabbeln sich am blaugestreiften Revers meines Geliebten festkrallte; sie sprach zu aller Welt mit der schrillen Stimme von Kindern, Markt, Schule.

Ich kombinierte: eine Lehrerin.

Er trocknete ihr einen Eiterpickel mit der Spitze seines Taschentuchs und der Duft meiner Verzweiflung strömte in den Raum. Er legte einen beschützenden Arm um die

Lehne des Stuhls, den sie besetzte, und bettete seine Hand auf ihren wulstigen Hals. Oh ja … da hatten sich zwei gefunden.

»Gehen wir«, sagte ich zu Bertha. Ich schob sie in meine Tasche und wir machten uns durch einen Seiteneingang aus dem Staub.

Auf dem Gehweg sengten alle Wüsten dieser Erde. Meine Toten brachen plötzlich wie riesige Tympana über mir zusammen. Meine einzige Hoffnung war von einem dummen Mädchen zerschlagen. Ich sagte zu Bertha: »Zu viel Raub, zu viele Enteignungen.« Dann schluckte ich zwei Tabletten aus dem blauen Fläschchen, und nach einer Weile schien mich alles anzulächeln. Wir betraten dieselbe Konfiserie; ich bestellte ein Erdbeereis. *La Violetera* bestellte ich nicht, das Lied war außer Mode gekommen. Ich streichelte Bertha: »Was sind wir frei.«

Zurück auf der Quinta rief ich Sara zu mir. »Wie hoch soll Ihre Abfindung sein?«

Sie stellte Berechnungen in einem Heft an. Ich stellte einen weiteren Scheck über die doppelte Summe aus.

»Das reicht für ein Fertighaus. Morgen ziehe ich aus.«

»Jetzt gleich ziehen Sie aus.«

Sie verabschiedete sich zwischen zwei Koffern, ein Paket mit der Aufschrift »zerbrechlich« in der Hand.

»Was ist da drin?«

»Señorita Chela, ich bitte Sie …«

Ich öffnete es. Der Schwindel trieb mir die Galle in die Kehle; da tranken die schwarzen Weiber ihren Tee. In der Schüssel meiner Kindheit, in der ich die Vitrinenobjekte gewaschen hatte, Seifenwellen gemacht und die Tässchen geschrubbt hatte, in denen später die ekligen Rüssel gesteckt hatten, die Henkel, die die siffigen Griffel begrabbelt hatten; ich musste so einige Tassen in der Luft auffangen.

Der Schaum durchtränkte mich.

Paris, wie es mich ruft

Ich bekam ein Telegramm von Jules, der von dem politischen Umbruch in meiner Heimat erfahren hatte und wissen wollte, ob ich zurückkommen oder meine Stelle an der Uni aufgeben würde. Außerdem schrieb er, dass es Solange schlecht ginge. Ich antwortete, dass ich Anfang Dezember zurückkäme. Am 3. war ich in Paris. Ich hatte genügend Geld, um ohne Arbeit leben zu können. Ich richtete mich mit Bertha auf dem Saint-Germain-Dachboden ein und war kurz davor, meine parasitenbefallenen Lumpen zu entsorgen, so wie Rimbaud die seinen auf dem Dachboden, den Théodore de Banville ihm zur Verfügung stellte.

Jules' Diener brachte mir Speis und Trank ins Exil. Jules verbrachte fast alle Nachmittage und Abende mit mir und brachte ein Klavichord hoch.

»Streichermusik, *mon ami*?«

»Dieses Klavichord gehörte meinem Vorfahren Saint-Germain, Herr über Belle-Isle, unehelicher Sohn von Friedrich II. Rackezi, er hat es zu Zeiten von Ludwig XV. in Deutschland erstanden.«

Und Jules besänftigte die kühle Dämmerung mit Saiten aus dem 17. Jahrhundert, gespannt von metallenen Schrauben, bekleidet mit engem pannesamtenen Harlekinkostüm mit Rüschenärmeln. Er entschied, auf meinem Dachboden zu schlafen. Ein Zwillingsbett zu meinem wurde hochgeschafft, aus goldenem Holz, dessen Farbe, hier und da abgesprungen, ein blutiges Rot verbarg. Bertha schlief in einer alten Seifenschale aus Limoges, Beinchen und Köpfchen ausgestreckt.

Wir machten Feuer in einem Dreifuß, entzündeten Räucherstäbchen und Lorbeer, und der Rauch malte Opale an die Fensterscheiben, Blumen des Bösen an die Wände.

»Mein Vorfahr hat den Jungbrunnen entdeckt.«

Inschriften auf den Eisentruhen – es gab zwei – bezeugten die Existenz eines von den Landkarten ausgeschlossenen Kontinents. Ob es der des Jungbrunnens war?

Jules fuhr fort mit seiner Geschichte: »Er war ein außergewöhnlicher Kerl, der den Stein der Weisen gefunden hat.«

Welche Wunder dieser Dachboden bereithielt. Die gesamte Wohnung der Saint-Germains war ein Museum; unter den Motiven der Lampenschirme fanden sich Rosenkreuzovale mit Pelikanen, die sich die Federn vom Kropf lasen, und ihren Küken, die seit nun dreihundert Jahren fiepten. Das Andreaskreuz, umrankt von Rosen, auf der Rückseite der Davidstern, und auf einem Fenstersims das kleine goldene Skelett, das in eine Hand passt, Knochen für Knochen gearbeitet, und in den Zwischenräumen griechische Wörter erkennen lässt.

»Wie schön.«

»Mein Vorfahr hat es geschaffen, indem er mit dem Stein der Weisen über ein kleines Holzskelett rieb.«

Sabine erzählte mir, dass Solange sich geweigert hatte, einen Arzt zu empfangen. Es hatte Komplikationen in ihrer Schwangerschaft gegeben und sie hatte im sechsten Monat abgetrieben.

»Um wie viel Uhr ist sie gestorben?«

»Um sechs Uhr abends.«

In Sabines Automobil fuhren wir ins Land der Karnuten; ein letztes Mal würden wir Solange sehen.

Sabine sah mit ihrer dunklen Brille aus wie eines dieser Figürchen, die am Weihnachtsbaum erhängt werden; an ihrer Seite weinte Remus. Es war der 23. Dezember. Die Leute verschwanden hinter den Geschenkebergen, dem Geschrei und den Mistelzweigen. Ich dachte, Solange würde in der Gruft aufgebahrt, stattdessen fand die Totenwache in der Mansarde des Pavillons statt, in dem kleinen Turm mit dem Gewölbe.

Am Eingang las ich »Gruft«. Sie sah aus wie eine verstorbene Prinzessin. Die durch die Großmutter angeordnete Trauer verdeckte die Bilder und Inschriften an den Säulen mit Trauerflor, das Universum von Solange verschwand in Finsternis. Die Stimme des Priesters, Onkel der Geschwister Flamel de Taliesin, hielt ein langsames Requiem, und vom großen Salon im Erdgeschoss strömte Musik des 17. Jahrhunderts herauf.

Als der Priester sich zurückzog, legte die Großmutter einen in rote Seide gehüllten Fötus mit einem kleinen dreiköpfigen Schild mit dem Familienwappen darauf in die Arme der jungen Mutter. Der letzte Flamel de Taliesin verdrückte sich vor lauter Angst, zum Oger zu werden, zum Inkubus oder riesenköpfigen Zwerg.

Niemand würde die Delphyne mehr aus dem Fluss retten können.

Ich verspürte eine immense Sehnsucht nach einem Zuhause, nach jemandem von meinem Blut irgendwo in Italien; ich wollte den Ursprung meiner Angst kennenlernen und mich der Ahnenbestie stellen, selbst wenn sie mich zertrümmerte. Würde ich von Solanges Beerdigung zu meiner eigenen aufbrechen?

Ich floh, ohne mich von irgendwem zu verabschieden. Mein Ansinnen hätten sie für »eine weitere Extravaganz von Chela« gehalten und mich mit Solange und ihrem inzestuösen Kind begraben.

Rom

Meine absolute Autonomie war von der Sorte, die einem Devisen und Distanz verschaffen können. Um sechs Uhr morgens stieg ich in einen Zug nach Rom. Auf dem Weg, den ich mir vorgenommen hatte, fühlte ich mich als Zentrum meines Universums und bereit, den Stier der Familie bei den Hörnern zu packen.

Ob das gelingen würde oder nicht; ich befand mich in konstanter Bewusstseinsbildung und mein tägliches Training bestand aus Forschung, Analyse, Zusammenfassung. Wenn ich müde wurde, unternahm ich lange Spaziergänge.

Rimbaud schrieb irgendwann: »Vielleicht tust du gut daran, viel spazieren zu gehen und zu lesen. Gut in jedem Fall, dich nicht in Büros und familiären Heimstätten zu verschanzen. Verrohung muss man außerhalb dieser Orte suchen.« Ich war geflohen aus der Heimstatt der Saint-Germain, wer weiß, auf dem Weg zu welch neuen Verrohungen.

In Rom quartierte ich mich im Hotel Minerve ein. Beim Einschlafen dachte ich: Was wäre wohl aus mir geworden, wenn ich nicht ein wenig autistisch wäre, was wäre aus mir geworden, wenn ich der Objektivität ohne Pforte zur Fantasie ausgeliefert wäre. Und vor allem, was wäre aus mir geworden, derart von der Familie entfremdet, ohne meine Hochbegabung.

Ich brauchte jetzt etwas Heimeligkeit. Ja, Luis hatte mich dafür empfänglich gemacht. Ich wollte laufen, stromern, spazieren gehen, schlendern, mich dann am Wegesrand auf irgendeine Bank setzen und mir die Splitter ziehen wie das Dornauszieher-Kind. Und wohin führte das alles? Nur dazu, dass ich in jedem Mann, der meinen Weg kreuzte, etwas von Luis suchte: eine Geste, einen Duft, den Geruch seiner Zigaretten; ich benahm mich wie eine Preziöse des 17. Jahrhunderts. Und wie viel Schmerz bereitete mir die Suche nach diesen dummen Details, die Beschäftigung mit diesem irren Puzzle, dessen Teile doch nie zusammenpassen würden: seine Tabakmarke, seine weichen Einstecktücher, die goldene Brosche, die er mir an einem Nachmittag im November geschenkt hat, reiner Tand, den ich nicht mal zum Schlafen ablegte, abnutzte und schließlich verlor, als die Nadel abbrach.

Eines Abends erlebte ich in Rom die große Enttäuschung. Ich rannte zu einem eleganten Herrn, der mit dieser gewissen Unlust rauchte, und umarmte ihn. »Es tut mir leid, nicht er zu sein«, sagte er zu mir. War es denn meine einzige Berufung gewesen, Luis zu heiraten? Meine absolute Freiheit erlaubte es mir zu schlafen, mit wem ich wollte; aber Luis hatte mich kastriert. Ein Geschlechtsakt mit jemand anderem wäre ein Fehler, etwas Schmutziges. Ich suchte bloß einen Rahmen, um ein Septemberbild zu malen, in meiner Heimat, am Río de la Plata, ein paar fußballspielende Jungs am Ufer, im Frühling, an der Klippe. Ich fürchtete mich vor einer durchwachten Nacht und griff zum Schlafmittel.

Ich eröffnete ein Konto bei einer italienischen Bank. Gab wenig Geld aus. Verwandelte mich wieder in das dreckige Mädchen von der Quinta, das in zerknitterten Hosen umherstreunte, nicht auf die Farbe seiner Blusen achtete, Sandalen trug und das Haar in zwei Zöpfen bändigte. Ich war schon dreißig und sah aus wie zweiundzwanzig. Ich war nichts als eine Streunerin oder ein trauriges Nachkriegskind. Ein Jahr lang lebte ich in Rom, ohne Freundschaften zu schließen oder an Konferenzen, Zusammenkünften oder Ähnlichem teilzunehmen, so sehr hatte mich der Pariser Zirkel erschöpft. Ich kaufte ein Sandwich und eine Limo, einen Salat für Bertha, und so gingen unsere römischen Tage dahin.

Ich stieg in die Katakomben, die wie umgekehrte Dachböden sind, will sagen, wie jene, die über den Häusern liegen, bloß umgestülpt, und die naiven Malereien in ihrer finsteren Intimität offenbarten mir die Kindheit meiner Religion. In den Vatikanischen Museen sah ich Laokoon, und zu gerne hätte ich das Ästhetikseminar noch mal belegt, an der Humanistischen Fakultät und bei Guerrero.

Und all die Pracht erstickte mich, die Größe der cäsarischen Stadt, die durch die Fenster im Bus, durchs Schlüsselloch, durch jedes Schaufenster in alle Öffnungen, in alle Poren des Körpers dringt, oder der Seele.

Es geschah angesichts der Pietà von Michelangelo, ich glaubte zu sterben. Was würde aus Bertha werden, wenn der Tod mich plötzlich überraschte? Niemand wusste, wo der menschliche Abfall, in den ich mich verwandelt hatte, sich rumtrieb. Ich erwachte in einem Krankenhaus an der Vía Veneto.

Ja, Bertha war in der Seifenschale auf meinem Nachttisch.

Ich bekam Sumpffieber und dagegen Chinin und Antibiotika verabreicht. Das argentinische Konsulat wurde verständigt. Man fragte mich, ob ich Familie in Rom hätte. Wie unter Wasser antwortete ich: »In Sizilien.«

Ich genas, aber seither habe ich sehr lästige sporadische Fieber.

Nach einem Monat im Krankenhaus frohlockte ich über meine Entlassung. Eine Krankenschwester begleitete mich zum Bahnhof, um eine Fahrkarte nach Sizilien zu kaufen.

Caserta

Januar 1953. Ich schickte ein Telegramm auf das Gut Stradolini de Caserta: Messina. »Für meine Großtante«, wie eine ins Meer geworfene Flaschenpost.

Am Bahnhof fand ich heraus, dass es Rabatte gab und ich für nur zweihundert Lire in der ersten Klasse reisen konnte. Um sechs Uhr an einem eisigen Morgen reiste ich ab. Ich schlief zwei Stunden und wachte in Neapel wieder auf. Während ich auf den Anschlusszug wartete, aß ich Nudeln mit Käse zu Mittag, trank etwas Chianti. Bertha verschlang das Übliche und war glücklich. Im Anschlusszug schlief ich wieder ein und wurde in Kalabrien vom Horn des Postschiffs nach Sizilien geweckt.

Kurz darauf war ich umringt von Inselvolk, magere Leute mit krausem Haar. Aus allen Gesichtern blickten mich die Augen meines Vaters an. Großzügig beschenkten sie mich mit einem leckeren Stück Ziegenkäse und etwas Messiner Wein in einem Messingbecher; sie begreifen, dass ich Ausländerin bin und haben viele Fragen.

Ich sage ihnen, dass ich aufs Gut fahre und sie fragen, ob »zum Arbeiten«, sie müssen mich für eine Magd halten. So sehe ich aus mit meiner während der unbequemen Fahrt eingesauten Hose – die zweite, die ich gekauft habe –, den Sandalen und dem Pferdeschwanz. Ich gebe eine traurige Figur ab. Eine lebendige Schmutzkruste bin ich und erinnere mich an den Rat des Pflegers im Krankenhaus: »*Acqua e sapone.*«

Sie lassen nicht locker, fragen, ob ich Französin sei. Ich bin wohl der französische Typ. Im Pulk gehen wir von Bord. Messina. Ich suche mir ein Hotel. Will meine Ankunft auf dem Gut noch hinauszögern. Die klebrige, olivenölschwere Luft zerzaust mich. Dichter Staub heftet sich an meine Haut, aromatisiert von Zitrus und Gewürzen. Auf dem Weg zum Gut ein kleines Hotel und drei Frauen: Klotho, Lachesis und Atropos. Eine andere Frau singt in der Ferne Inselmusik, die kretisch klingt.

Die Erschöpfung wirft mich im blassrosa gestrichenen Empfangsraum auf einen roten Divan. Von der Wand herab vergießt das Bild einer Heiligen mit amputierter Brust Opferblut auf mein Haupt.

Eine der Frauen fragt: »Möchten Sie ein Stückchen Agatha-Brust?«

Gebäckstücke wie amputierte Brüste getränkt in karmesinrotem Zucker. Sogar die Süßwaren sind tragisch auf dieser Insel.

»Nein, danke, ich möchte kein Stückchen Brust.«

»Sind Sie allein? Wie lange möchten Sie bleiben?«

Ich beherrsche den Dialekt und verstehe, dass sie mir misstrauen, die Kriege haben die Messinerinnen nicht aufgerüttelt, eine alleinreisende Frau will ihnen nicht in den Kopf.

Ich frage: »Gibt es ein Zimmer mit Bad?«

»Kommen Sie, hier können Sie sich waschen.«

Ein Außenbecken, wo ich mich Stück für Stück wasche und trockne. Es ist eiskalt.

»Gibt es eine Latrine?«

Sie bringen mir einen riesigen Nachttopf.

»Hier können Sie in Ruhe ihr Geschäft machen, ganz in Ruhe.«

Aber sie bleiben wie angewurzelt stehen und schauen mir zu.

»Fahren Sie zum Arbeiten aufs Gut?«

»Nein, zum Leben.«

»Im Herrenhaus werden Sie leben?«

»Ja.«

Da ändern sie ihre Haltung.

»Kommen Sie rein, junge Frau, es gibt Wein und Hering.«

Ich trinke ziemlich viel Wein, denn der Hering macht mich durstig. Im Schlafzimmer ein Bett mit einer sehr weißen Decke, ein Tischchen mit einer Vase darauf, ein Bild der Heiligen Agatha in einer kleinen Glaskuppel; als ich sie betrachte, muss ich an Lula denken: Wie es Lula wohl geht?

Bertha schläft auf dem Kopfkissen, sie hat gegessen und ist zufrieden, weil es ein Abenteuer ist und sie Veränderung liebt. Morgen werde ich die Jüngste der Frauen bitten, zum Gut zu laufen und nach mir schicken zu lassen. Ich bin müde.

Die Flaschenpost ist angekommen. Sie schicken ein Automobil vom Gut, alt wie das von der Quinta. Am Steuer sitzt Vittorio, Chauffeur und Gärtner meiner Großtante.

Durch den Tratsch von Klotho, Lachesis und Atropos habe ich schon ein paar Details erfahren; zum Beispiel, dass meiner Großtante die Schwefelgruben gehören, die die Luft gelb färben und die Olivenhaine, die sie verschlieren; eine Ladenkette, die auf den Verkauf der Seide von Angelinas Raupen spezialisiert ist und sogar auf den Kontinent exportiert; ein Kinematograph; mehrere Apartmentgebäude im kalifornischen Stil. Ich zittere und Vittorio merkt es:

»*Freddo*?«

Ich betrachte das hagere Land und die kleinen Skulpturen, die in der Wiese aufblitzen. Die Steinmetze lüpfen die Mützen und grüßen uns.

»Ihr Vater war ein Neffe der Signora Angelina?«

»Ja.«

»Und das Fräulein ist die Großnichte, die einzige?«

»Ich habe eine Schwester, sie ist Nonne.«

»*Morta …*«

»Warum sagen Sie das?«

»Sie sieht nichts von der Welt, also ist sie *morta*.«

»Sie ist sehr schön, Vittorio.«

»Wie gesagt, sie ist *morta*.«

Ein sizilianischer Dialog, schlicht und lakonisch.

Und Vittorio fuhr fort in seiner summarischen Art:

»Ihre Familie war früher Spanisch.«

Das folgende Schweigen unterbrach ich mit einer Frage:

»Wie ist meine Großtante so?«

»Sie geht selten aus.«

Jetzt bemerke ich, dass die Skulpturen große Köpfe haben.

»Was stellen diese Statuen dar?«

»Sie sind aus Stein.«

»Ist meine Tante alleinstehend?«

»Sie ist eine Dame.«

Wir fahren in einen rotgefliesten Hof. Bei den Ställen, wo die gebrochenen Schieferplatten davon zeugen, dass dies ein herrschaftlicher Vorhof war, knabbert jetzt ein Esel an einem Pfahl; hier parkt Vittorio den Wagen. An einigen Stellen geben die Fliesen nach, ganz wie im alten La Angelina, beim Fundloch. Am Giebel stehen in Reliefbuchstaben die Namen unserer Vorfahren unter ihren Porträts; ich entdecke, dass unser Name bis auf das 12. Jahrhundert zurückgeht. Unter dem spanischen Balkon lese ich das Heldengedicht:

»Die Stradolini lebten vor der karthagischen Invasion in Messana, ehemals Zancle, und kämpften gegen die Mamertiner, ohne sich in Rom zu ergeben. Sie gingen Kraft Blutrecht zu Beginn des 8. Jahrhunderts in den spanischen Adel ein: In Spanien kämpften sie gegen die mauretanischen Araber. Condestables de Caserta haben Akademien und Ortschaften gegründet.«

Fernando Stradolini e Uccelli de Caserta und María Gertrudis della Rovere e Ucelli de Caserta sind wunderschön, sprießen aber schlecht. Sie sind umgeben von großköpfigen Kindern.

Ich könnte den ganzen Tag lang Außengelände und Mauern erkunden. In einer Nische geschützt steht das Familienwappen: Ein kleiner Drache umrankt das Porträt von Fernando. Auf der Litze die blaue Lys umgeben von einer weißen Aureole und die Standarte des Heiligen Dionysius.

Alle Brunnen und die Trinkenden sind gesäumt von der flammenden Zunge des Drachen.

Ich entdecke die Wendeltreppe, die auf die Terrasse führt. Ich erklimme sie und sehe die Berge, die in den Fels gehauenen Vorhöfe, die Schwefelrauchsäulen und die der Herdstätten, die den Nachmittag mit fettdunstenden Fahnen überziehen.

»Signorina, in Rendazzo gibt es Schlösser, so groß wie das Haus Gottes, in Taormina sogar eines mit goldener Treppe.«

»Wer sind Sie?«

»Niemand, Signorina; ich bin Truppi Cagliero, Landarbeiter auf dem Gut.«

»Warum sagen Sie ›niemand‹? Sie sind Truppi Cagliero.«

»Sie scheinen Kommunistin zu sein.«

Ich stelle klar, dass ich keine Kommunistin bin, erinnere mich an den Fall »Sara« und darf mich wohl nicht wundern. Ich nutze die Gelegenheit und frage:

»Wie ist die Signora Angelina?«

»Sie ist eine Dame.«

Hundert Kriege würden die Sizilianer nicht verändern.

Oh, doch … etwas schwelt. Ob wir es sind, die Reaktionäre, die in Stücke fallen? An das Türmchen auf der Terrasse gelehnt spürte ich die musikalische Haut einer Panflöte, die Haut der blökenden Herde, die klingende Epidermis irgendeiner Bandoline, alles in das Schwefelgelb der Rauchschwaden getaucht.

Die Ahnen

Als könnte ich es hier und jetzt sehen, hat der Nebel das Capo Peloro bedeckt und verschwinden lassen, und wie Tüll umhüllt er Aspromonte, wo Feuerwerksfunken sprühen.

Da drüben platzen Pfirsichbaumknospen, und wenn der Frühsommer kommt, werden die Baumsäfte das Holz anwärmen und das Eis auf dem Bach wird schmelzen. In meiner heimischen Ebene lässt der Winter die Natur nicht verstummen. Hier schweigt das Leben und nur der Hirte weckt seine Schafe und Ziegen, die paar Junge, die sie haben, und die Tiere laufen umher, zertrampeln Pflänzlein und erwecken den einsamen Duft des Thymians, der wie ein Stachel die Luft spaltet und schneidet.

»Signorina, möchten Sie sich etwas frisch machen, bevor Sie Signora Angelina treffen?« Sie stellt sich vor, denn sie ist jemand: »Ich bin Truppi Carmela, Dienstmädchen.«

Sie ist Tochter des alten Landarbeiters.

»Was bedeuten oder repräsentieren die Statuen auf dem Schotterfeld?«

»Die sind lustig … ja.«

»Schläft meine Großtante?«

»Ich weiß es nicht, Signorina.«

»Aber Sie sind doch das Dienstmädchen.«

»Wer das weiß, ist Imperatore Ágata, das Zimmermädchen.«

Die Dusche, stoßweise eiskalt, macht mich munter. Frisch geschrubbt betrete ich den großen Salon.

Die Wände sind über und über mit ovalen Holzrahmen bedeckt, die Portraits von siebenundneunzig Vorfahren fassen. Ein riesiges Paar Brüste und Auftritt Imperatore Ágata: »Signorina, wie geht es Ihnen? Signora Angelina ist gleich bei Ihnen.«

Wir versammeln uns um einen Tisch mit Löwenfüßen, deren Pranken Kugeln halten. So einen gibt es auch im Prado, auf einem Bild. Karl II. legt seinen federbewehrten Hut auf den Tisch. Es gibt auch ein Porträt des Sohnes von Phillip IV. und Maria Anna von Habsburg; der Junge sieht krank aus, so abgezehrt, wie er ist, vielleicht ist er auch zurückgeblieben; und da hängt ein echter Antonello: Die Signatur des Malers aus dem Jahre 1400 ist eindeutig. Ich erfuhr, dass meine Tante das Gemälde für ihr Gut gerettet hat, vor Plünderungen und Museen in Sicherheit gebracht. Dann ein Portrait des Herzogs Uccelli de Caserta.

Über das Portrait von Antonello da Messina wird mir meine Tante später erzählen, was sie auf sich genommen hat, um seiner habhaft zu werden, vor allem, weil ein Della Rovere (Familienzweig der Urbino) die Gattin des Malers zu besuchen pflegte und später für die Ausbildung des Jungen aufkam, welcher Schüler von Colantonio wurde.

Als Sammlerin von allem, was mit der Familie in Verbindung stehen könnte, fand Angelina heraus, dass Antonello als junger Mann mit Della Rovere Uccelli in Flandern, Rom und Reggio Calabria geritten war.

Sie glaubt, dass wir mit Antonello da Messina verwandt sind. Ein weiteres Selbstportrait von Antonello hängt in der Nationalgalerie in London.

Erinnerung für Erinnerung habe ich das eine gegen ein anderes getauscht, das Gesicht des sizilianischen Künstlers auf der Leinwand durch jenes ersetzt, das ich zwischen den Schultern seiner Retterin aus dem Grab befreit sah.

Mal für Mal fröstelt das Viech, in das ich mich verwandelt habe, bewegt die Holzscheite des Eisenheimes und belebt zugleich das Feuer der Echse vom Gut.

Züngelnde Flammen wärmen den Raum und tauchen den dunklen Saal in Rot, ganz ähnlich der Farbe um die federngeschmückte Silhouette von Karl II., welche die abgründige Magie des Spiegelsaals im Königspalast von Madrid wiedergibt. Hier hängt ein Wandbildfragment mit musizierenden Engeln; das fehlende Stück befindet sich im Palazzo Bellomo in Syrakus.

An der Hauptwand der Condestable de Caserta zu Pferd, ohne seine Familie, er trägt eine Schärpe über der Rüstung und in der Hand das Zepter seines Rangs. An einer anderen Wand zieht ein Ritter in voller Rüstung sein Schwert aus der Scheide, denn er ist im Kampf inmitten einer Landschaft verwüsteter Bäume, deren Blätter ein Wind schüttelt, der die Vögel in die Flucht gen Süden schlägt. In der Ferne ein *castello* mit gezähnten Türmen und ein Ritter mit Lanze. Der Hermelin schnüffelt am Bein des Ritters, welcher der Herzog Francesco Maria della Rovere ist.

Auf einem goldenen Tischchen steht ein Medaillon mit Stuckverzierung, das Bildnis von Maria Antonia von Bourbon-Sizilien, Tochter von Franz I. und verwandt mit Karl IV. von Spanien.

In zwei Vitrinen stehen Uhren und Glöckchen, kleine Amors erklimmen eine neapolitanische Vase, eine Laute wie eine besaitete Birne; und unter einem Seidenüberwurf eine Harfe genau wie die auf meinem Dachboden.

Auf dem Tisch liegen gut abgestützt und bequem die Brüste von Imperatore Ágata, die sie vor sich hindösend unter einem Spitzentüchlein bedeckt hält. Von Zeit zu Zeit hebt sie den Kopf und schaut zur Tür.

In meiner geräumigen Tasche mümmelt Bertha an der Seite der Fundskulptur ihren Salat; ich werde Angelina zu den Riesenköpfen auf dem Feld befragen. Das lange Warten stört mich nicht.

Ich betrachte eine stilisierte Vitrine, die Kronen und Schwerter des 18. Jahrhunderts beherbergt, Edelsteine und ein marmornes Abendmahl. Hinter mir tut sich etwas, denn Ágata ist aufgestanden. Ich drehe mich um und sehe niemanden.

Aber sie ist da.

Als ich sie entdecke, denke ich bei mir: Das habe ich schon mal gesehen. Und zwar während eines Ausflugs nach Mantua, im Herzogspalast, und auf einer Leinwand in der Cappella Ovetari, die eine Versammlung des Hofstaats von Gianfrancesco Gonzaga zeigt, Protektor von Andrea Mantegna, Freskenmeister des Brautgemachs.

Ich begrüße meine Tante, hänge aber meinen Gedanken nach … ein scharlachrot gekleideter Mann überreicht Francesco einen Brief; unter dem Sessel des künftigen Kardinals liegt ein wunderschöner Hund; Edelleute umringen die Diskutanten. Isabella umringend ... die Zwerge; ich sah die Liliputanerin umhüllt von Isabella d'Estes Umhang. Und die Kleine erklärt, dass sie sich freut, mich zu sehen und spricht viele Willkommensworte, während Ágata den Tisch für das Abendmahl deckt. Es verbreitet sich ein wohliger Duft nach gähnenden Truhen, die Äpfel und Lavendel erwecken; Ágata bringt ein Album und Angelina reicht mir die Fotografie eines Mädchens in Batist; der Höllentag bricht ein, jener, an dem meine Mutter für mich gestorben ist.

»Dieses Mädchen ist Tochter meines Neffen Stradolini aus Argentinien.«

»*Per Dio ...*«, ruft Ágata aus, als wäre es so außergewöhnlich.

Dabei ist das einzig Außergewöhnliche Angelina, die ein Treppchen mit sieben Stufen erklimmen muss, um den Tisch wie ein gewöhnlicher Gast zu erreichen und sich dann auf einem Kinderhochstuhl niederzulassen.

Sie hat einen gesunden Appetit und ihr starker sizilianischer Kiefer kaut ohne Unterlass. Ihre Stimme ist heiser von gealterter Enthaltsamkeit. Sie lacht fröhlich und hebt beide buschigen Augenbrauen über dem dicken Stirnbein.

»*Poverella ...*«

Sie streichelt meine Wange, ich weiß nicht, ob sie mich bemitleidet oder beschützen will. Dann entschuldigt sie sich, »verzeih mir, Chela«, weil sie das Besteck zur Seite gelegt hat und das Fleisch mit der Hand packt, sie tunkt das Brot in die Soße auf ihrem Teller, trinkt Wein wie ein Spieler, verschlingt eine doppelte Portion Nachtisch und kratzt das klebrige Kompottschälchen aus wie ein verwöhntes Kind.

Ja. Wir aßen Truthahn wie damals auf der Quinta.

Schließlich erweckt sie eine Meerschaumpfeife, die halb erloschen vor sich hin geglommen hat; entzündet ein rotflimmerndes Äuglein. Die leeren Teller legen einen Drachen bloß, unser Wappentier; in den Gläsern schimmert ein schwefliggelber Dessertwein.

Angelina raucht zufrieden und fragt: »Ist deine Schwester im Kloster geblieben?«

»Ja, bei den Karmelitinnen.«

»Ist sie hübsch?«

»Sehr hübsch und sehr blond.«

»Sie kommt nach uns …«

»Mein kleiner Bruder ist gestorben.«

»Ich weiß; wir beide sind nun die einzigen Stradolini auf der Welt.«

Im Kreis der Familie

An Ágata gewandt, sagt sie: »Chela hat etwas von den Stradolini, aber im Aussehen scheint sie nach der Mutter zu kommen.«

Da täuscht sie sich nicht, ich sehe meiner Mutter ähnlich, aber das sage ich nicht. Angelina döst vor sich hin wie ein Oger. Ich glaube, ich mag sie.

Ich installierte mich im Burgturm und Angelina kam gern die Wendeltreppe hochgeklettert. Wir waren die Überreste einer aussterbenden Elite. Wir lernen uns kennen. Gefallen einander.

Angelina ist sehr intelligent; sie hat eine Schule für Adelssprösslinge besucht, musste sich dort gegen die Sticheleien ihrer Mitschülerinnen behaupten, die sie *testone ostinate* nannten, und war trotzdem Einserschülerin. Ihre Aggressivität hat ihr den Rauswurf beschert und sie kehrte zurück ins Haus der Menschen. Ihre Eltern und ihre vier Brüder wollten sie nicht einmal sehen, denn ein so nichtsnutziges Ding wertete die ganze Familie ab.

Die Kriege löschten ihre Familie aus, und sie zog auf den Dachboden.

»Ich bin Witwe und Jungfrau.«

Sie bestand darauf, mir Intimitäten zu erzählen. So erfuhr ich, dass ihr Vater ihre Ehe mit einem Cousin arrangierte, Francesco Salina de Caserta, der, als er sie kennenlernte, zwar sein Wort hielt, dann aber flüchtete und im Krieg fiel. Angelina dagegen hatte sich bereits verliebt.

Und noch immer küsste sie sein Bild, das sie in einem ovalen Medaillon bewahrte. Bei genauem Hinsehen bemerkte ich seine Ähnlichkeit mit Marcello Mastroianni.

Sie erzählte vom Faschismus und vom Krieg: »Ich hatte größere Angst vor den Faschisten als vor dem Krieg; wenn du mich fragst, hat das Elend mit den Garibaldinern begonnen und setzte sich fort mit den Mussolinern. Ich meine das Elend, das die namhaften Familien vernichtet hat, und glaub mir, das war geplant von unseren eigenen Leuten, denn das Bauernpack hätte von sich aus niemals irgendetwas losgetreten, dafür sind sie viel zu stumpf und faul veranlagt. Und doch bewundern sie uns in ihrem tiefsten Inneren und träumen davon, unsere Türme zu teilen. Ich gebe der Oberklasse alle Schuld, und den Ideologen, die sie hervorbringt, denn die Bauern sind Emporkömmlinge und wollen Aristokraten sein, wenn sie an die Macht kommen, aber wir Aristokraten werden geboren mit feinen Handgelenken und Knöcheln, weil niemand in der ganzen Sippe je körperlich oder sonstwie schwer gearbeitet hat, jahrhundertelang.«

Sie wirkte wie eine Politikerin im Wahlkampf. Bertha und mir schenkte sie ellenlange Reden und Tiraden: »Die Bauern werden zurück in den Schlamm fallen, aus dem sie gekommen sind, denn alles fällt zurück an seinen angestammten und vererbten Platz und Rang.«

Seit 1860 hat das Haus kommunistische und sozialistische Angriffe erlitten. Angelina hat viel darüber geschrieben und während des Faschismus Artikel unter dem Pseudonym Diana Luppi veröffentlicht. Sie sagte zu Bertha und mir: »Wenn meine Beine lang genug gewesen wären, hätte ich den Kopf des Duce in Dongo getreten.«

Ich werde nie die Burgsäle vergessen, die ich in langen Stunden durchwanderte, jene kühlen Salons, deren einzige Wärme von den Wandteppichen und dem Holz der Möbel ausging, in dieser verdunkelten und bewehrten Zitadelle, auf deren Fluren ich alten Spuren folgte, die Schlafgemächer mit ihren leeren Betten, deren Himmel das Wappenschild zeigten, und vor allem den Geruch der Insel, der an Weihrauch erinnert, aber kein Weihrauch ist, Moschusgeruch ohne Moschus, weder pflanzlich noch tierisch, der überall umherstreift wie ein ranziger Kobold.

Und ich begann, die Gutsherrin zu lieben. Meine Großtante stand mit einem Bein auf der Erde und hing mit dem anderen in unserem Stammbaum. Wenn sie auch das Gut nie verließ, so behielt sie ihre Geschäfte stets durch gut instruierte Lakaien im Blick. Einer von ihnen, Vittorio, war dafür zuständig, die Arbeit in den Schwefelgruben und im Olivenhain zu bewachen; Ágata kümmerte sich neben den Zimmern auch um das Ladengeschäft, den Kinematographen und ein paar weitere Angelegenheiten.

Vittorio hatte sich dem Faschismus gemein gemacht, um das Gut vor der Enteignung zu bewahren, und es in der Bewegung bis zum Capo gebracht. Er, Asunta und Ágata versteckten meine Großtante während dieser doch recht langen Zeit. Später erfuhr ich, durchaus mit Erstaunen, wo sie sie versteckt hielten …

Mein Aufenthalt auf dem Gut erlaubte mir die Kontemplation und das Schreiben; Angelina und ich schrieben für eine neapolitanische Zeitung und Vittorio fuhr zum Ende jeden Monats unseren Lohn abholen. Angelina zog endgültig zu mir auf den Dachboden, und wir vergaßen die Welt, ignorierten Tag und Nacht und erleuchteten uns durchgängig mit Talgkerzen und der Liebe, die wir einander gestanden. Sie nannte mich Francesco, ich nannte sie Luis. Und so schenkten wir einander Freuden, die so unvermutet wie unaussprechlich waren und mich heute reizen und brandmarken wie glühendes Eisen das Vieh.

Diese Ungeheuerlichkeiten geschahen in einer Atmosphäre kindlichen Vergnügens. Der kleine Drache gab mir die Liebe, die alle mir verwehrten. Auf sie fokussiert besaß ich alles, was ich wollte und nicht bekommen hatte, wir erfüllten füreinander die Mission der Liebe, wir liebten uns und unsere Träume, unsere Schlaflosigkeit, unser Scheitern und unsere Einsamkeiten, und wir widmeten uns in einem hoffnungslosen Kraftakt dem Geben und Nehmen wie zwei armselige Geschöpfe.

Jenseits vom Liebesakt interessierte uns nichts mehr.

Zu Hause hätte Sara mich angeschrien: »Ihr Ferkel, warum wascht ihr euch nicht?«

Ágata dagegen flüsterte: »Der Morgen ist so lau, ein Bad im Teich wäre schön.«

Wir gingen runter und ich schwamm wie ein Fisch; Angelina blinzelte angestrengt unter dem Sonnenschirm.

Sie streichelte meine wie ein Kettenhemd an den Knochen klebende Haut und ein zwiespältiger Geschmack nach Liebe wiegelte uns auf.

»Meine dunkle Schönheit … Seltsam. Wir Stradolini sind doch blond.«

María Salomé, Lula, war blond, ich dagegen komme nach meiner Mutter, gedecktes Elfenbein wie verbrannter Milchopal.

»Wäre dir Lula lieber gewesen?«

»Ich habe nie jemanden so geliebt wie dich.«

Und wir vereinten uns im Verborgenen wie zwei Äste des verdorbenen Baums. Verwaist, gelöst und gefallen in einen zartweichen Schlamm, der uns wie ein zähschleimiges liebliches Geschlecht, wie ein trüber Brunnen voller Aale aufnahm und versinken ließ, hartnäckig und schlau wussten wir unseren erschreckenden, lange unterdrückten Appetit zu stillen.

Sie sagte zu mir: »Du siehst aus wie Goyas Maja.«

Ágata brachte uns eine Erfrischung an den schmalen Strand, um den herum die Klippen dunkle Bordüren in den Sand zeichneten, und aus den Grotten, Wohnsitze der Ungeheuer, floss blauviolettes Wasser. Die Schießscharten des Guts überwachten vom Berg aus die versprengten Skulpturen, die an Wesen aus einem unliebsamen Traum erinnerten.

Ágata brachte ein Silbertablett, auf dem ein erdbeerroter Gelatineturm zitterte, zimtduftend und mit einem Hauch Marsala, wie die Inselbewohner es mögen, aber als sie mich nackt erblickte, machte sie kehrt, denn das würde ihre Bauernseele nie verstehen.

Auf dem Rückweg zum Dachboden bemerkte ich Angelinas gerötete Augen und einen blutigen Fleck an ihrem Hals, und auch ich trug meine Wunden aus dem Kampf davon.

Engelsgleiche Angelina

Sie las alle Zeitungen, die sie vom Kontinent geschickt bekam. Mich informierte sie: »Die peronistische Regierung pfeift aus dem letzten Loch.«

Das freute mich angesichts der Aussicht, meine Ländereien zurückzubekommen. Angelina sagte weiter: »Der Plebs wird sich den Gürtel enger schnallen müssen, so wie der Pöbel hier, als der Mussolini-Spuk vorbei war.«

An Angelinas Seite lernte ich die Buchbinderei. Sie rettete ihre Sammlungen, indem sie sie von Kornwürmern und Motten befreite und Inkunabeln hinter Glas verwahrte. Ihre kleinen Hände falteten, schnitten, wendeten und klebten, und ein Arsenal an Papier, Kleber und anderen Materialien, die sie aus Barcelona importieren ließ, ummantelte Texte wie glänzende Schmuckstücke in Regalen aus Akazie und Eiche. Sie band die Zeitgenossen in Glatt- und die Franzosen in Wildleder; die Italiener, vor allem die Poeten, in Gämsleder; Kafka und Joyce hüllte sie in Metallpapier aus Zink, als wollte sie sie vor einem Kugelhagel schützen, und mich erstaunte die Anwesenheit dieser beiden, aber bald darauf erfuhr ich den Grund dafür.

Sie war enorm geschickt in der Verarbeitung des Traumverschönerungsmaterials, und oft riss sie mir ungeduldig ein Buch aus den Händen, mit dem ich bei meinem gegebenen handwerklichen Ungeschick kämpfte. Dem Reich der schönen Literatur fügte sie mit kunstvoller Eleganz das Pflanzliche der Gewebe, das Tierische der Felle und das Mineralische der Steine hinzu. In einem kleinen Empireschränkchen standen mit Felbel überzogene Inkunabeln neben einigen winzigkleinen Bänden antiker Aphorismen, an deren Umschlägen Einlegearbeiten aus Achat funkelten, ihrem Lieblingsstein, die in der Farbe zwischen Rot und Schokoladenbraun variierten. Sie schlug religionswissenschaftliche Texte genauso ein wie solche über das Warum des menschlichen Wesens, und einen, dessen Einband eine Granatrose zierte und der eine französische Übersetzung aus dem 19. Jahrhundert barg, in deren Kapiteln man die Entwicklung der Geschlechter bis zu ihrer Herausbildung nachvollziehen kann. Ich schrieb mir diesen Absatz heraus: »Wir waren alles in einem, aber aufgrund unserer Sünden wurde die Menschheit in Mann und Frau geteilt und die Harmonie des Androgynen zerstört.«

In diesem Buch las ich von der wahrhaften Existenz der homerischen Ungeheuer, sein Autor, ein Grieche, der in Babylon gelebt hatte, versicherte, dass diese Ungeheuer in jedem von uns schlummern, dass wir sie in uns tragen und sie auf den Moment der Rückverwandlung warten. Dann wird der Mensch sein wahres Ich zeigen und die Heiligen werden zu Tauben, die Mörder zu Minotauren und die Missgebildeten zu Hybriden.

Ich will etwas mehr über den Inhalt des Empireschränkchens schreiben: Auf zwei der Regalbretter lagen ein Abraxas mit Schlangenkopf; die Sieben apokalyptischen Siegel des Heiligen Johannes; Glaskugeln für die Kristallomantie; ein Zauberstab und ein Stativ für die Wahrsagerei; ein großer Kelch für die Ausübung der Lekanomantie und drei aufgestapelte Ziegelsteine neben einem Band von Diodor von Sizilien mit sargonischen Schriftzeichen.

Wir saßen im Herzen des lilablauen Dämmerlichts im Turm und unterhielten uns.

»Du hast mich gefragt, warum ich Kafka und Joyce nicht aus der Bibliothek entfernt habe? Ich wollte weder die Verwandlung noch die Eigenartigkeit ausmustern, weil ich während des Faschismus in ein verstecktes Viech verwandelt war. Vittorio trat in die Partei ein und schwor bei seiner Ehre, dass ich nach London geflohen war. Aber ich war da drin.«

Ich schaute »da« hin und sah eine Art Standuhr; als ich mich näherte, erkannte ich, dass es ein Nachbau von Antonellos Gemälde »Der Heilige Hieronymus in seiner Zelle« war.

»Das war meine Zelle zu jener Zeit, und von dieser Schwelle, von diesem Sockel aus, hörte ich sie singen und Karten spielen; jahrelang beobachtete ich sie durch den Schlitz im Gehäuse.«

Vittorio hatte sie »da« reingesetzt wie eine Puppe, und sie war den Gang zum Arbeitszimmer des Heiligen hinuntergelaufen und hatte die rote Tür hinter sich geschlossen. Barfuß lief sie über den blattgrünen Fliesenboden aus winzigen Rauten und Vierecken und stützte sich auf den kleinen Balkon mit dem Spitzbogen. Sie nutzte das hieronymus'sche Innere, ging bis zum Pult des Apologeten und beobachtete den Moment seiner Unterschrift unter die Vulgata. Und schon hörte sie das Gebrüll und Gelächter des Pöbels nicht mehr, sie hörte nur noch das Geräusch der gelehrten Feder des Übersetzers und das der Blätter auf dem Pult.

»Bist du nicht erstickt in dem Altar?«

»Nein. Ich habe mich mit dem Streicheln der Glätte einiger Kristalle beschäftigt, die du nicht sehen kannst, weil sie innen liegen, und mit dem Inhalt einiger Retorten und Fläschchen, in denen Likör aufbewahrt wird, den die Kinder der Condestables tranken, Zwerge und sieben an der Zahl, ein Likör, der einen alles vergessen lässt, wenn man ihn trinkt, alles, außer das, was du erinnern oder herausfinden möchtest.«

Ich zeigte ihr die Fundskulptur aus dem Loch im Gutshof, datiert auf das Jahr 1848; die Riesenköpfe auf der Insel sind nach dem Vorbild dieser Skulptur geschnitzt. Sie bat mich, sie auf den Altaraufsatz zu setzen, wie es einst Vittorio getan hatte. Und nach einer Weile bat sie mich, sie wieder von »da« runter zu holen.

Sie brachte zwei Gläschen Schnaps mit, ein großes für sie und ein kleines für mich. Ich trank die gereifte Reliquie, Zimtstange ohne pflanzliches Wesen, ländlicher Moschus ohne tierisches Wesen, Rauchquarzgelb ohne mineralisches Wesen, und beide drangen wir in den Palast ein, der weder Türen noch Fenster hat.

Palast der Ekstase, aus dem die Caserta in all ihrer Größe und all ihrem Schrecken auftauchten: Prinzen gepaart mit Zwerginnen, Prinzessinnen mit Riesenköpfen. So erfuhren wir, dass unsere Sippe ohne Blüte war.

Und dann kam Hieronymus höchstpersönlich und verriet uns die Formel des Elixiers, die ein Hexer ihm gegeben hatte, und das er unter den Geschorenen verteilt hatte, um sich der weißen Magie zu ermächtigen und sie auszuüben, und um die rote Magie kennenzulernen; die grüne Magie zu testen und die schwarze Magie zu exorzieren. Er erzählte uns, dass Silvester II. es mit dem Trinken des gereiften Elixiers übertrieben und zu viel Wissen erlangt hatte; und dass die alchimistischen Formeln und die Zauberei gefährlich sind, wenn man nicht gewisse Vorurteile hat.

Odysseus

Ich weiß nicht, wie lang die Reise dauerte. Als ich zurückkehrte, hatte ich neue Falten im Gesicht und die Hände einer Achtzigjährigen. Ein grauenvolles Greisentum hat meine Seele und meinen Körper befallen, und seither streife ich umher wie ein Wurm. Ich habe mich lebendig begraben. Seitdem habe ich das Gefühl, dass mich etwas oder jemand gefangen hält.

Angelina sagte: »Du weißt alles und noch etwas mehr.«

Ich musste mich ausruhen. Angelina schenkte mir ein Boot, das am Felsen ankerte. Sie würde auf dem Gut bleiben und ich das Meer befahren wie Odysseus.

Im August 1955 begann mein Seeabenteuer. Zunächst entfernte ich mich nicht von der Insel und traute mich nicht in die phosphoreszierenden Grotten. Die Touristenyachten hatten dieselbe Route: Auf der Straße von Messina machte ich mein Boot flott und fuhr aufs Tyrrhenische Meer, um an Palermo und Trapani vorüberzuziehen, oder Richtung Mittelmeer, vorbei an Syrakus und Catania.

Flaschenpost

Ich freundete mich mit einer Seefahrerfamilie namens Campobasso an, die sich mit dem Verkauf von Draht auf dem Kontinent eine goldene Nase verdient hatte; Angelina habe ich von meinem Umgang mit diesem Pack nie erzählt. Mein Boot, die Barracuda, brauchte jemanden, der es saubermachte, und ich brauchte jemanden zum Kochen, also lud ich die Campobassos ein, mit mir zu segeln und diese Tätigkeiten zu übernehmen.

Carmelo, der Vater, konnte tauchen. Von der Barracuda aus war die sizilianische Küste immer zu sehen. Als wir entschieden, weiter rauszufahren, bis wir sie aus den Augen verloren, heuerten wir in Syrakus einen Steuermann an. Eines Morgens rief Carmelo, als er von einem Tauchgang zurück an die Oberfläche kam: »Da ist ein Schiff auf dem Grund!«

Wir meldeten den Fund bei der Präfektur in Palermo und sie versprachen, noch am selben Nachmittag rauszufahren und ließen uns eine Woche lang warten. Schließlich kamen sie mit Fachleuten, Netzen, einem Kran und ordentlichem Tauchgerät.

In Körben wurden die Objekte an die Oberfläche gezogen: eine rotschwarze Keramikstatue, eine geflügelte schlangenförmige Gorgone, deren Füße sich zum Fliegen abzustoßen schienen, Arme wie Ruder und das Gesicht hässlich wie das eines assyrischen Gottes; ein Haufen metallener Objekte, darunter zwei goldene Ohrhänger, die Sonnen darstellten, deren Strahlen in Orientperlen mündeten; ein Ohrring in Form eines Olivenzweigs, den ein Cherub erkletterte; mehrere goldene Waschbecken und silberne Spiegel; eine mit etruskischen Motiven verzierte silberne Lampe, und die Schiffsglocke mit dem eingravierten Namen: Lucania.

Um das Schiff zu bergen, wurde ein US-amerikanischer Technikertrupp zu Hilfe gebeten. Und dann kam die Triere ans Licht, deren Logbuch ohne einen Schimmer Feuchtigkeit aus einem Tresor geborgen wurde und uns offenbarte, dass die Lucania die Meere von Gallien bis Magna Graecia durchpflügt hatte.

Wir fragten uns, in welcher Mission sie gefahren war, ob sie Handelsware oder Herrscher mit purpurnem Mantel und Marmorstuhl befördert hatte. Offensichtlich hatte ein versklavter attischer Gießer im Bauch der Triere unübersetzbare etruskische Schriftzeichen kopiert und sie denen seiner Heimat hinzugefügt, als hätte es diesen Paria des Meeres, der noch vor Parthenon die florentinische Renaissance einleitete, gar nicht gegeben. Dieser Kunsthandwerker verfälschte die korinthischen Vasen, denn die ägäische Gelassenheit der klassischen griechischen Wächter war plötzlich unterwandert von wilden, buschigen Schwänzen und die Athener Wachen entflammt von italischem Temperament.

Besagtes Logbuch hielt eine Route fest: »Sybaris, Abkürzung durch den Hafen, zurück zum Peloponnes, Wasserstraße folgen; Halt in Kathargo«, stand da in griechischer Sprache. Eine Seite offenbarte in derselben Sprache die Sehnsucht des Seemanns nach seinem Geburtshaus von ansprechender Architektur: das Atrium, die mit Vögeln und Fischen verzierten Fliesen, die Grabstätten seiner Manen und die Kinder, die er womöglich nicht wiedersehen würde. Die Lucania war auf Befehl ihres Kapitäns versenkt worden, um ihre Route nicht an Seeräuber zu verraten.

Ans Licht kam auch die Eisentür, die in den Bauch der Triere führte, die Amis zogen am Metallring, die Tür gab nach, und aus dem stickigen Raum entwich ein Klagelaut. Sogar die Amis erschreckten sich. Die Frau schlief umgeben von einem Schreckensschrei, der sich gerade gelöst hatte, jahrhundertealter Schrecken.

Im Logbuch fand sie keine Erwähnung, wir überprüften die Seite, wo die Besatzung aufgelistet war: »Ein Kapitän, ein Bootsmann, ein Bootsmannsmaat, acht Matrosen, ein Schreiber, acht Bugmatrosen, dreißig Armbrustschützen, hundertsechsundfünfzig Ruderer«. Kein Wort über die Frau, die wir als Skelett vor uns sitzen sahen, vollständig und dunkel, feingliedrig wie ein Stück Dörnchenkoralle.

Jahrhundertelang hat sie auf ihrem kurulischen Stuhl gesessen und die Verwesung erduldet; und ich dachte, wenn Aphrodite ein Skelett gewesen wäre, dann eines wie dieses. Die Spezialisten machten sich an ihre Berechnungen: »Kleine Schädeldecke, zarter Kiefer, olympische Stirn«, und kamen zu dem Schluss, dass sie mit ihren langen Knochen und ihrer Statur von eins siebzig auf keinen Fall Etruskerin war. Am Ringfinger ihrer linken Hand steckte ein Ring, den einer der Amis abnahm und mir überreichte. Er passte perfekt auf meinen Ringfinger und ich spürte eine ferne Liebkosung. Ich betrachtete das Schmuckstück und erkannte unter der Emaillierung eine Goldbasis und anstelle eines Steins ein winziges verschliffenes Siegel.

Sie konnte keine Etruskerin gewesen sein, die Dinge auf ihrem Frisiertisch offenbarten eine andere Herkunft: Vasen und Krüge aus Glas und Marmor – nicht aus *bucchero nero* –, Schmuckkästchen mit goldenen Trennwänden, silberne Krönchen, Kameen von Minerva Parthenos suggerierten, dass die Dame Griechin gewesen war. Der Kapitänsschmuck hingegen umfasste etruskische Wahrsagerplättchen in Form von Rabe, Habicht, Reiher, Eule, Grünspecht, Wiesel, Heuschrecke. Aber wenngleich der Kapitän sich durch Magische Siegel leiten ließ, so hielt die Dame sich ans Schwirrholz. Wir entdeckten es, als sie von ihrem kurulischen Stuhl rutschte, denn zu Lebzeiten hatte sie es um ihren Hals getragen.

»*Bullroarer*«, sagte einer der Amis, und als er das Schwirrholz anstupste, begann es, sich zu drehen, und wir hörten sie schwirren, die rituelle Musik des Dionysoskults. Ich versuchte es auch ein wenig und hörte die zwei Wörter von Juan Sebastián.

Es dauerte nicht lang, bis mich eine Sumpffieberattacke ereilte, man gab mir Chinin und es wurde besser. Die Amis schenkten mir einige Objekte und behielten selbst viele mehr; die Lucania sollte ins Schiffsmuseum von Palermo kommen und das schöne Skelett in ein Raritätenmuseum.

Skorpion

Als ich auf das Gut zurückkehrte, war Angelina krank vom wochenlangen auf mich Warten an dem kleinen Strand, all die Sonne war ihr nicht bekommen: Ihr großer Kopf versank in ihrem Daunenkissen und sie blickte mir mit dem tragischen Gesichtsausdruck des etruskischen Maskarons entgegen. Bertha lag neben ihr auf dem Nachttisch.

Das Gewissen biss mich wie ein Skorpion, denn über meine Seeräuberei hatte ich sie alle beide vergessen.

Ágata sagte: »Die Sonne hat sie genauso verbrannt wie damals, als sie auf ihren Ehemann wartete.«

Angelina wurde munter: »Hier sind die Zeitungen aus deiner Heimat, Perón ist kurz vor dem Kollaps.«

Eine Fotografie in *La Nación* zeigte die Brandstiftungen in Buenos Aires; die Kirchen Santo Domingo und San Nicolás brannten lichterloh. Weitere Gotteshäuser waren nur noch Schutt und Asche. Ich schwor mir, selbst ein bisschen zu zündeln, sobald ich zurück wäre.

Angelina erholte sich schnell, weil die Nachricht vom Fund der Triere sie interessierte. Wir kehrten zurück auf den Dachboden.

Sie ließ sich den Ring zeigen und versenkte ihn, um nach einem Datum oder Namen zu suchen, in einer Flüssigkeit, von der roter Rauch aufstieg. Der Ring lag auf dem Boden des Gefäßes und Daten, Zahlen und Buchstaben wurden ersichtlich. Angelina nahm eine Lupe und schlussfolgerte nach der Untersuchung: »Das ist kein Datum, sondern ein Kürzel.«

Unter dem Grünspan entzifferten wir: »Il Viri S. F.«, und meine Großtante sagte, das sei die Abkürzung für die Namen von zwei hohen Wächtern der Sibyllinischen Bücher.

Wir lasen weiter: »Duumviri Faciundis«. Die kleine Maus wuselte sich beinahe mit dem gesamten Körper in das Empireschränkchen und zog ein hermetisches Buch heraus, öffnete es mit ihrem Schlüsselchen, suchte ein Kapitel und kam zu folgender Erkenntnis: »Diese Frau, die Dame eures Fundes, war eine kretische Sibylle, und da Kreta das Zentrum des Mittelmeers ist, verschaffte seine Lage ihm das Anrecht auf nautische Vorherrschaft, denn seine Schiffe befuhren das gesamte Mittelmeer, bis hin zum Ionischen und zum Ägäischen Meer, sogar bis zum Tyrrhenischen und Adriatischen Meer.«

Ich fragte: »Ob sie von den Italioten beauftragt war, ihre Gabe zu nutzen?«

»Sie wurde während der römischen Herrschaft, während derer die Etrusker eine wichtige Rolle spielten, von Kreta verbannt; die Stücke aus ihrem Tresor verweisen auf die Ära von Tarquinius Superbus, den letzten römischen König.«

Wir arbeiteten sieben Tage und Nächte lang auf dem Dachboden, und der Ring hörte nicht auf, Rost abzustoßen. Angelina rührte den Inhalt des Krugs mit einem Stab um, der in einen winzigen drehbaren Drudenfuß mündete, wie ein Feenstab, von unschuldiger Anmutung, aber die Wurzeln dieser Prozedur liegen in jener Wissenschaft, die die Ahnungslosen als Aberglauben bezeichnen: im Okkultismus.

Für das Manöver trug meine Großtante eine knöchellange Tunika, ein Birett und Panzerhandschuhe. Sie murmelte für mich unverständliche Formeln und versprengte hin und wieder ein paar Spritzer dieses Trankes nach altem Rezept, der auch ohne Feuer vor sich hinblubberte. Sie studierte die Dinge, die die Amis mir überlassen hatten, und auf einigen Steinen ließen sich unter der Moosschicht Reliefs erkennen, schöne Profile wie das der »Pariserin« aus Knossos.

Und die Öl- und Parfüm-Fläschchen setzten Essenzen frei, die Frauen einer niedergegangenen Seemacht getragen hatten, als der Baum des Westens noch nichts als eine Knospe war.

Eine Prägewalze, die die Dame als persönlichen Stempel und zum Unterzeichnen von Dokumenten benutzt hatte, verriet uns ihren Namen: Elida de Zancle de Caserta. Ja, ich hatte gespürt, wie unsere Urahnin uns vom Bauch der Triere aus rief, und plötzlich überkam uns eine familiäre Ehrfurcht ob des Schicksals ihrer Knochen.

Angelina sagte: »Ich werde zusehen, ihr ein Grab in der Stradolini-Uccelli de Caserta-Gruft zu geben.«

Angelinas Einfluss räumte jedes Hindernis aus dem Weg, und am siebten Tag brachte Vittorio uns Elida de Zancle in einer langen Kiste, die für die Seide der Gutsgeschäfte gedacht war. Vittorio blickte ernst und bitter drein, denn der Umgang mit Verstorbenen missfiel ihm. Wir begannen, die schönen Knochen zu bearbeiten. Mit Kupferdraht verbanden wir die kleinen und die großen mit dickerem Draht, den wir mit Zangen zurechtbogen.

Nach abermals sieben Tagen, *numero Deus*, saß sie lächelnd auf ihrem kurulischen Stuhl, als würde sie im dunklen Studio für einen Fotografen posieren; ein solch hübsches Skelett würde jeder erlesenen Runde Ehre erweisen und es war ein Jammer, es zu begraben. Ich hängte das Schwirrholz um die Halswirbel und es drehte und drehte sich wie ein Derwisch.

Angelina schlug vor: »Wir kleiden sie in eine spanische Kappe mit Kapuze und Zierknopf, dazu Frailera-Sandalen, schließlich ist sie in Zancle geboren, auf Kreta aufgewachsen und die Frau eines italienischen Condestable gewesen.«

Auch wenn Elida dem orthodoxesten Heidentum angehört hatte, die letzte Ruhe wurde ihr an einem christlichen Ort bereitet. Die Kapelle war älter als das Herrenhaus des Guts und mutete ob ihrer Schlichtheit an wie ein römisches Kastell, mit ihrem quadratischen Holzturm, der aus der Steinmauer herausragte, ihrer Palisade aus Pfählen und dem brüstungsartigen Vortor. Andere Knochen schliefen in der Kapelle, wie seinerzeit üblich, auf beständigem Stein, und die Überreste verblassten zwischen Schmuckwerk, Helmen und Rüstungen. Und bei einigen konnte ich das Stigma unserer niederen Veranlagung erkennen.

Auf der Suche nach einem geeigneten Ort für Elida de Zancle de Caserta erklommen wir eine Wendeltreppe zum Turm hinauf, wo ein Ochsenaugenfenster die imposante Wehrmauer des Guts offenbarte, den V-förmigen Graben ohne Brücke und einen rotgefliesten Hof wie auf der Quinta.

Es lebte dort ein Kaplan aus Messina, der sich weigerte, die Knochen zu weihen; Angelina hörte sich die Gründe des Geistlichen an und empfahl dann: »Eine Segnung wird nicht schaden, Elida könnte alte Dämonen in die Gruft holen.«

Da willigte der Priester ein und segnete sie.

Im Turm hatten die Gründer des Guts gelebt, und Angelina fand plötzlich, dass er verschwendet wurde als Wohnraum des alten Priesters, der doch genauso gut ins Schloss ziehen konnte, damit der Turm als würdige Ruhestätte für Elida dienen könnte.

Der Priester willigte erneut ein.

Penibel inspizierten wir den Turm und ich nahm zur Kenntnis, dass er drei Ebenen hatte und eine Plattform obenauf, so dass Elida Herrin über einen zinnenbewehrten Turm sein würde, mit Wappenkunst und Musik, denn Angelina schenkte ihr eine spanische Musiktruhe voller Balladen für verstorbene Prinzessinnen, die eine Walze mit Uhrmechanik zermahlte.

Wir hoben Elida hoch, ich packte sie unter den Achseln und Angelina an den Füßen, und wir legten sie in ihren prächtigen Sarg, aber es geschah, dass sie mich mit einem Knochen am linken Ringfinger kratzte, wo ich ihren Ring trug, und trotz des Schmerzes ließ ich sie nicht fallen, aber ich sah, wie ein Blutstropfen ihr Kleid beschmutzte, und das Grauen vor dem Kadaverin überkam mich. Ich erinnerte mich an meinen geschätzten Professor Cristofredo Jakob. Ich hätte nicht den Mut, mir einen Finger zu amputieren.

Angelina meinte: »Keine Sorge, Chela, sie ist Jahrhunderte alt und das Kadaverin ist das Gift verwester Organismen.«

Das überzeugte mich nicht, also ging ich zu Vittorio und machte mich mit seiner Hilfe auf die Suche nach einem Chirurgen, der es für angebracht hielt, auf Höhe des Knochens zu amputieren. Mit einem Gerät saugte er während der Operation das Blut ab, und ich nahm zur Kenntnis, dass meine Fingerknochen ebenso zart waren wie Elidas. Mit verbundenem und fixiertem Arm betrat ich den Dachboden des Turms. Angelina befand den Chirurgen für einen Dilettanten, der viel zu viel abgesäbelt hatte; sie war gerade dabei, die Habseligkeiten der Dame an deren Seite zu drapieren, und als ich die Gelegenheit nutzte, um ihr den Ring zurückzugeben, bemerkte ich, dass der Blutstropfen an dem Ort war, wo zu Lebzeiten ihr Herz geschlagen hatte, so dass sie etwas von mir bei sich behalten würde, wie eine Opfergabe, während ich nichts von ihr erbte.

Als wir den Sarg schlossen, verklangen die Balladen. Jetzt hieß es, ihn auf den höchsten Ehrenplatz im Turm zu hieven. Aber vorher wollten wir noch anstoßen auf das Wunder, den Fund und die Begegnung mit unserer Verwandten, mit Hieronymus-Schnaps aus dem Altar der Caserta, gewandet in spanische Kleider.

Den Sarg hochzuschleppen war ein enormer Aufwand; für meine Großtante, weil sie so klein war, und für mich wegen des kürzlich erfolgten operativen Eingriffs, und derart kraftreduziert fürchteten wir, die wertvolle Fracht könnte uns entgleiten und zerschellen.

Nachdem wir das Elixier getrunken hatten – und ich gestehe, dass wir es übertrieben haben –, sahen wir, dass den Zypressen am Weg, acht an der Zahl, Arme und Beine wuchsen und die Fähigkeit, Psalme zu singen, und sie kamen uns zur Hilfe, um die Verstorbene in ihren Altar zu bringen; oh, ja … es waren die Kapuziner aus dem Turm des 17. Jahrhunderts, die die Muttergottes priesen. Ich fröstelte in einer inneren Dämmerung, die furchterregender war als die eintretende Nacht und ihre Umstände, und jene acht trugen die Truhe in straffem, unbeirrtem Marsch mitsamt ihrem geliebten und grausigen Inhalt.

So reiste Elida de Zancle-Uccelli de Caserta, geschmückt nach griechischer und etruskischer Mode, und für alle Fälle mit spanischem Accessoire. Schande über mich, die ich für einen Augenblick dachte: »Das ist das Werk der Kobolde aus dem Altar des Heiligen Hieronymus«, und mein Rücken knackte unter der wunderbaren Kappe, ich verspürte einen schrecklichen Schmerz verrenkter, vielleicht gebrochener Wirbel, und vor lauter Selbstschutz begab ich mich zurück in den Traum, um den acht Helfern zuzusehen; die zwei an der Front den Blick zu Boden gerichtet, die übrigen sechs in sehr aufrechter Haltung.

Wohin mit diesem Irrsinn? Wen musste ich dafür verfluchen, wem danken? Welchen Dämon, welchen Gott heiligte ich? Welchen spirituellen Zustand musste ich anstreben, um dieser ungeheuren Last standhalten zu können?

Wir erklommen eine Wendeltreppe über das glasierte Grün mit den winzigen Zierrauten bis auf den Turm und seine äußerste Grenze, bis hinaus aufs Feld, auf die Brücke, in den Keller der Kapelle, und Nebel umwogte mich, während ich überlegte, wer nun wen trug, und ich traute mich nicht, wieder über eine Halluzination meines blauen Bluts nachzudenken, alte Kamellen, die von Luft und Nebel verschluckt wurden.

Was für ein inzestuöses Gefolge für Hieronymus Bosch im Schloss El Escorial zu Lebzeiten Philipps II., oder für den stolzen Philippe Pot, den die Vermummten in der Rotunde des Louvre über rautenförmige Fliesen tragen.

Ich erinnerte mich an meine Freunde in Paris in der Nacht der Eulentaufe, unter dem Regen, den die Gargoylen von Notre Dame gurgelten, und ich erlebte das Wunder aus dem Land der Karnuten erneut.

Nach der verzauberten Reise kam die Reliquie in ihrer Nische zur Ruhe.

Heute denke ich, es wäre besser gewesen, früher zu sterben, als diese Erfahrungen erneut zu durchleben, und ich frage mich, ob es vielleicht unterirdische Gemeinschaften gibt, an deren Fäden wir hängen wie Handpuppen.

Wieder und wieder zurückkehren

An einem Oktobertag des Jahres 1955 kehrte ich erschöpft auf die Quinta zurück, mit einem bis zur Hälfte amputierten Finger und einem erkennbaren Buckel, Folgen jener unermesslichen Anstrengung.

Ich kehrte zurück in mein Bollwerk, auf meine Wildwieseninsel, in meine heimische Ebene, und niemand empfing mich wie Odysseus in Ithaka; nur die verbrauchte Luft der Zimmer schlug mir entgegen, der Schimmel, die Stille, die Feuchtigkeit, denn all meine Habseligkeiten waren unter Verschluss, weil Ariel meine Anweisungen befolgt hatte.

Zusammen mit Bertha ging ich auf den Dachboden, schaute durch die Luke, und entdeckte, dass die Hütte auf dem Anwesen bewohnt war. Dann läutete die schwächliche Glocke des Altersheims, und die Gallsucht in mir knurrte zornig beim Gedanken an das nunmehr gestürzte peronistische Regime.

Ich spähte weiter und sah einen Mann von seinem Pferd steigen und es am Geländer anbinden, dann im Inneren der Hütte verschwinden, und ich meinte, jemanden aus der Zeit von Bertoldo und Juan Sebastián zu erinnern, ja, aber dieser Jemand war sehr gealtert, denn sein Gesicht wirkte wie tot und seine Haare waren in doch recht kurzer Zeit ergraut.

Mit Bertha in der Tasche ging ich runter, mied die Kapelle und steuerte ein Stück Land an, den alten Friedhof, wo nun die sterbenden Heimbewohner beerdigt wurden. Dort traf ich auf Narciso, der ein paar blühende Sträucher arrangierte: »Señorita, das sind die Gräber der Greise … wenn der Herrgott sie ruft, werden sie hier begraben.«

»Auch in der Kapelle?«

»Nein, Señorita, da liegt keiner.«

Ich kratzte ein bisschen Moos vom Grabstein eines Greises, der auf meinem Land vor sich hin weste, als könnte ich mit dem Moos auch gleich den Stein und die ganze Grube wegkratzen.

»Bringen Sie mich nach La Plata, ich will mit dem zuständigen Beamten sprechen.«

»Sie wollen sie rausholen lassen, Señorita? Die Armen, sie sind doch Menschen wie wir.«

Narciso weinte und trocknete sich die Tränen mit seiner Mütze; dann erzählte er mir, dass die Ruhestätten vom abgesetzten Bürgermeister angeordnet worden waren.

»Fangen Sie an zu graben, Narciso, sofort.«

Er sagte, das könne er nicht, weil die Armen den Schlaf der Gerechten schliefen.

»Den Schlaf der Scheiße!«, schrie ich.

Ariel kam angerannt, wie es seine Gewohnheit war: »Chela, um Himmels willen …«

Ich blaffte ihn an: »Wer wohnt in meiner Hütte?«

»Geh nachsehen.«

Stattdessen stieg ich auf den Dachboden und verschlief den Rest des Tages; später würde ich den De-facto-Bürgermeister aufsuchen, damit er mir einen Reinigungstrupp zuteilte. Ariel schickte ein Mädchen für den Fall, dass ich Haushaltsdienste benötigte, ihr Name amüsierte mich: Dulce, die Süße.

Die süße Dulce ließ mich bald wissen, dass der Doktor mich im Park erwarte, ich luscherte wie gewöhnlich und sah den grauhaarigen Mann mit dem Leichengesicht in Gaucho-Kluft seinen Stiefel mit der Peitsche abklopfen. An dieser Bewegung erkannte ich ihn und hörte prompt: »Iiiha, ihr Irren!«

Arnaldo …

Ich empfing ihn im großen Salon, dem Schauplatz aller kindlichen und nicht so kindlichen Auseinandersetzungen und der kleinen Feier meiner Mutter mit dem Señor Roux. Arnaldo harrte im Stehen und ohne Hoffnung aus.

»Was willst du, außer mich anglotzen?«

»Chela, ich will meine schwangere Frau retten und mich selbst …«

»Dich retten? Wie das?«

»Ich habe mich in der Hütte versteckt, weil ich wegen Vaterlandsverrat gesucht werde.«

»Verschwinde auf der Stelle, oder ich melde dich bei der Polizei.«

Er verschwand mit seiner Frau in Narcisos Auto.

Ich setzte Bertha in ihr neues Terrarium und ging mit einem Barriquefass voller Benzin runter, um die Hütte zu besprenkeln und in Brand zu setzen. Ich wusste, dass Ariel sich in La Plata bei den zuständigen Behörden um den Erhalt des Greisenheims und des Friedhofs bemühte. Alles wendete sich gegen mich.

Aus Messina bekam ich einen Brief, dessen schwarz umflorter Umschlag meine Trauer antizipierte; meine Cousine zweiten Grades, Diana Cerveteri de Caserta, verkündete mir Angelinas Ableben, und in derselben Nacht, als wäre das Unglück noch nicht groß genug, weckte mich ein schwaches Krächzen, als würde ein winziger Mechanismus zerbrechen, und es kam aus dem Terrarium. Bertha lag auf dem Rücken, ein Salatblatt steckte ihr im Hals. »Bertha, warum verlässt du mich«, klagte ich.

Ich bekam einen Reinigungstrupp genehmigt und Mitte November fuhren die Wagen auf den Friedhof. Von meiner Dachluke aus genoss ich die Aussicht.

Die ausgebuddelten Alten wurden mit Planen verdeckt auf drei vollbeladenen Wagen abtransportiert, und Arme und Beine waren zu bewundern, weil die Sackleinen die steifen Schreckgespenster auf- und wieder zudeckten und ihre zu Rohrzangen verkrampften Hände packten die Luft der Quinta.

Was ich dann sah, muss wohl Effekt der Tabletten gewesen sein, die mir so lieb waren, ich öffnete das blaue Fläschchen und schluckte vier auf einmal und ohne Wasser. Einer der Verstorbenen, der auf keinen Wagen mehr passte, wurde von acht Vermummten getragen, und auf dem Feld öffneten sich zwischen Rasen und Gräsern rautenförmige Blütenblätter.

Ich konnte die Ähnlichkeit mit einer anderen Zeremonie nicht ignorieren. Der ekelerregende Gestank verdrängte das Trugbild. Ich verspürte den Drang zur Desinfektion, zur Reinigung.

Ich hatte gelernt, kleine Bomben zu bauen, um meine eigenen Brände zu legen, und ich warf eine, sehr zielsicher, auf das Dach des Greisenheims, das ich nicht räumen lassen durfte. Und es entfaltete sich ein schlangenförmiges Diadem, ein prächtiger Fächer, dessen lebendige Stäbe sich über dem gesamten Gelände spreizten.

Oh, ja … ich kletterte auf den Dachboden, um in Ruhe zuzuschauen, beugte mich aus dem Fensterchen, und sah die armseligen Schreckgespenster, halbnackt und nackt, in eingenässtem Nachthemd; Klappergreise, die sich auf meinem zurückeroberten Land krümmten, und ich verspürte ein seltenes abfallartiges Glück. Ein paar Funktionäre der De-facto-Regierung belästigten mich mit Verhören, die nirgends hinführten, und bald ließen sie von mir ab.

Ich engagierte noch eine Putzkolonne, damit der Zement geschrubbt wurde, und der rote Hof der alten La Angelina mit dem Fundloch kam zum Vorschein. Ich hatte meine Gespenster wieder.

Ich setzte mich auf die abgenutzte Stufe. Ein paar dicke Ratten beschnüffelten leere, verkohlte Dosen und richteten von Zeit zu Zeit mit aristokratischen Pfötchen ihre Barthaare, wühlten wie ich in einem untergegangenen Universum herum.

Wie auf einem See aus lilablauem Gelee, der immer selben Farbe, zitterten die Dinge, als ich bemerkte, dass ein Haufen Lappen sich bewegte, und obwohl ich fliehen wollte, war es mir unmöglich, und der Lumpenhaufen wurde langsam menschlich, teilte sich mitotisch wie eine Zelle in acht kapuzenbewehrte Silhouetten, die einen auf einer Trage liegenden alten Mann zu mir brachten. Ich atmete einen süßen Duft wie von eingelegten Magnolien ein, ertastete Knochen auf meinem Körper, als hätte mein Skelett sich befreit und sich mir übergestülpt. Ich wollte fliehen und konnte nur träge und elend kriechen.

Über die Wendeltreppe kroch ich in Richtung Exil. Dulce kam hoch und sagte mir, dass ein alter Mann mit mir sprechen wollte, ich ging runter, und da stand der Tattergreis, der Kopf steckte gerade noch auf seinem Hals, und er schüttelte sich mit einem Geräusch von Kastagnetten oder einem Sack voller Spielknöchel.

Ich spürte, wie mir der Urin die Beine runterlief, wie wenn mein Vater mich in sein Arbeitszimmer rief. Plötzlich zerfiel der Alte in einen Berg Knochen, die mit jenem Geräusch klackender Spielknöchel oder klappernden Tanzens kollidierten. Ich flüchtete auf meinen Hochsitz; das Kriechen war überwunden.

Dulce erschien mit einem Tablett mit Essen und Limo.

»Haben Sie mit dem Herrn gesprochen, Señorita?«

»Da war keiner.«

Das Mädchen widersprach und blickte durch das Ochsenauge: »Schauen Sie, da läuft er.«

Sie ging flink hinunter und erreichte ihn auf dem Pfad, der Alte drehte sich zu mir um und hob eine Hand in Form einer Rohrzange zum Gruß.

»Señorita, das ist ein verwirrter Alter und er sagt, Sie wissen schon Bescheid.«

Ein Jahr lang lebte ich auf der Quinta und sogar Ariel ging mir aus dem Weg. Ich bereitete eine neue Reise vor. Ich wollte Heraldik studieren und dazu Schlösser und mittelalterliche Anwesen besuchen, das Jahrhundert wechseln. Mein Ziel: Paris, wie immer.

Dieses Mal richtete ich mich in einem kleinen Atelier ein, aus dem ich die Glocken von Sacré-Cœur hören konnte, eine Dachkammer über einem Geschäft, das Heiligenbildchen verkaufte.

Mit meiner schmutzigen Hose und der zerschlissenen Bluse, den Zöpfen, die auf meinen Buckel fielen, den Sandalen und meinem Seesack auf dem Rücken sah ich aus wie eine Bettlerin.

In verlassenen Dorfkirchen suchte ich nach Ikonografien und Schildern; ließ mir Leitern halten, um die Türme zu erklimmen, schlief, wo mich die Nacht überraschte.

Und ich war wieder das schmuddelige Kind von früher, das niemanden interessierte; manche hielten mich für verrückt, andere für einen Habenichts und ich bat um Almosen, um herauszufinden, wie es sich anfühlt, auf die Barmherzigkeit der Mitmenschen angewiesen zu sein. Nach wochenlanger Herumstreunerei trieb mich die Notwendigkeit eines Bades zurück auf den Dachboden über dem Heiligenbildchengeschäft. Manchmal fürchtete ich, Jules über den Weg zu laufen. Aber das geschah nie.

Ich trieb umher wie Staub: von Paris bis Finistère, durch die Provence, die Auvergne, das Périgord, das Poitou, die Normandie und das Burgund, und in Amiens sah ich den Alten von der Quinta, rannte davon, so schnell ich konnte, ohne Kriechen, und sagte mir, um mich zu trösten, dass alle alten Männer gleich aussehen, aber auf einem Hochrelief in Lisieux sah ich ihn in Flammen gefangen, als ich gerade auf einer Leiter stehend ein Wappen studierte, und der Alte streckte ein Scheinfüßchen und schubste mich. Ich fiel aus beachtlicher Höhe, zerquetschte mir den operierten Finger und bemerkte, dass die Wunde eiterte.

Ich öffnete sie mit einem Messer und bemerkte, dass sie pochte, weil sich darin kleine Dinge bewegten; mit einer Lupe untersuchte ich die Wunde und sah, dass die Dingelchen darin Nahrung aufnahmen und ausschieden, sie aßen und kackten in meiner Verletzung, und ihr röhrenhaftes Erscheinungsbild mit Öffnungen an jedem Ende ekelte mich an, ich legte die Hand in ein Becken mit Wasser und Salz, drückte auf die Wunde und ein Scheißegestank erfüllte mein Zimmer.

Im Krankenhaus wurden mir Mittel-, Ring- und kleiner Finger amputiert, Zeigefinger und Daumen blieben nutzlos zurück wie eine Art Rohrzange. Ich musste an die Hand von Cristofredo Jakob denken. Im Krankenhaus konnte ich keinen Schlaf finden und murmelte wie ein Wiegenlied:

> Gold, Silber, Sinople, Sable mit Purpur und
> Sable mit Orange, französisches und
> italienisches Wappenschild, Pelzwerk aus Hermelin
> und Gegenhermelin, Feh und
> Gegenfeh, Feh am Fuß und im
> Haupt, geständert, gespalten zum
> Pfahl, gespitzt, seitengespitzt,
> ummantelt …

Nicht umsonst hatte ich mich auf Wappenkunde spezialisiert. Stark geschwächt jagte ich besonders ausgefallenen Wappen nach, aber die Schlaflosigkeit siegte und ich tauchte in meinem Inneren nach anderen Bildern.

Adler, Doppeladler,
Hydra, Sirene, Harpyie,
Phönix, Einhorn, Sphinx,
Zentaur, Eidechse, Drache
mit Greifschwanz.

Es war alles sinnlos. Als ich genesen war, setzte ich mich in einen Schaukelstuhl und las die Zeitungen aus meiner Heimat, wie Angelina es einst getan hatte, und ich erfuhr, dass die argentinische Währung den Bach runterging und Landwirtschaft und Viehhandel abstürzten; irgendwann kamen nicht einmal mehr die argentinischen Zeitungen und in einer französischen Publikation las ich diese Schlagzeile: »Was haben die Argentinier mit dem reichsten Land der Welt gemacht?«

Hilfsbedürftiger als eine Achtzigjährige verließ ich das Krankenhaus, und als ich die Straße überquerte, fuhr mich ein Motorroller an. Ich schwor, dass mich selbst die Schuld traf, weil ich Medikamente geschluckt hatte und mich nicht mehr auf den Beinen halten konnte. Ich lag mitten auf der Straße und heulte wie ein vierjähriges Mädchen. Wie auf der Silberfilmrolle des Kinematographen sah ich meine Schlachten vorbeiziehen, meine Beben, Katastrophen, Brände … vor allem meine Brände. Und ich fühlte mich wie das Baby in einer Szene von *Panzerkreuzer Potemkin*, das in seinem Kinderwagen die Treppe runterkullert. Und zum ersten, einzigen und letzten Mal schrie ich: »Mama!« Ich schleppte mich weiter und kaufte eine Zeitung; mein Körper war ein Sack voller Schmerzen, auf einen Kaffee betrat ich eine Bar.

Die Zeitung faltete ich zusammen, ich würde sie später lesen. Mit dem Kaffee spülte ich zwei Pillen herunter. Wie durch ein Wunder erklangen die Takte von *La Violetera* und verleiteten meine langen Beine zu einem linkischen Tanz, über den sich bei einer Aufführung die halbe Welt totgelacht hätte, denn meine Beine waren das einzig normale an meiner Gestalt, und auf ihnen türmte sich mein Körper, nichts als ein Klumpen mit dem Buckel, den ich mir in jener noblen Schlacht auf dem Gut angeeignet hatte.

Und meine Hand.

Jetzt, heute, bin ich ein wenig größer als Juan Sebastián und meine Großtante es gewesen sind, meine geliebte Angelina. Mit der Zeitung unter dem Arm kletterte ich auf meinen Dachboden; ich entfaltete das Blatt und fand die Traueranzeige für Luis, der eine Woche zuvor verstorben war, am Tag meines Unfalls; eine ausführliche Vita und unter dem Foto neben anderen Daten die Information, dass er eine Witwe, zwei Kinder aus der ersten und zwei aus der zweiten Ehe sowie Enkel und weitere Angehörige hinterließ. Und für diesen gewöhnlichen Mann hatte ich jeden einzelnen Moment und die Gänze meiner langen und unglücklichen Existenz verspielt?

Obwohl ich es besser wusste, rief ich ihn mit den Formeln meines okkultistischen Wissens an, die meine Großtante aus Messina mir beigebracht hatte, aber er erschien nicht, denn er hatte mich nie geliebt. Ich musste mich noch mehr isolieren und klapperte die Antiquitätengeschäfte ab, um einen Altar aufzutreiben wie den von Angelina, aber ich fand keinen.

Ich kehrte zurück nach Hause und seither kümmert Ariel sich um mich, sein Mitleid hat ihn sogar in die Werkstatt eines Tischlers getrieben, der in seinem Auftrag einen Altar für mich gebaut hat, Reproduktion eben jenes, der in Messina den Übersetzer der Vulgata beherbergt und während des Faschismus meine kastilische Verwandte versteckt hielt. Ariel setzt mich in den hintersten Winkel, ganz ohne Lärm.

Im Inneren des Altars bewahre ich Fläschchen voller Lysergsäure, denn ich konnte kein einziges Tröpfchen von des Heiligen Hieronymus' Elixier bekommen; ich besitze hübsche Döschen mit Pillen und Pastillen darin, die zu wunderschönen Reisen explodieren, wenn sie sich in meinem Inneren auflösen, und ich begreife, dass ich nie so viel gereist bin wie heute. Das Leben hat mich zerrissen, gebrochen und verstümmelt wie alle Caserta. Aber ich beschwere mich nicht, denn ich habe meinen Teil dazu beigetragen. Ich dachte, dass mich nichts mehr aufwühlen, treffen oder verbrennen könnte, ganz wie die Ariadne aus dem Prado, bis ich in dieser Klinik in La Plata die zweite Frau von Luis traf.

Aber vielleicht ist alles demselben seelenlosen Blut geschuldet.

Nachwort der Übersetzerin

Aurora Venturini hatte sechzig Jahre lang unermüdlich geschrieben und über dreißig Werke beinahe unbeachtet publiziert, bevor sie im Jahr 2007 mit 85 Jahren einen Preis für »Junge Prosa« für ihr geniales Alterswerk *Die Cousinen* erhielt und in ihrem Heimatland Argentinien über Nacht die Anerkennung erlangte, die ihr bis dato verwehrt geblieben war. Die Autorin nahm diesen Preis mit scheinbar stoischer Würde entgegen und empfahl dem erstaunten Publikum sogleich eine Kanonrevision: »Ich bin eine großartige Schriftstellerin, vielleicht die beste; und das hier ist nicht mein bestes Buch, lest erstmal den Rest.«*

Zum Beispiel dieses hier: *Wir, die Familie Caserta.*

Erstmals 1992 erschienen, hatte der Roman zuvor als Manuskript seit 1969 bereits drei Preise bekommen und war unter verschiedenen Titeln und in unterschiedlichen Textformen im Umlauf. Arbeitstitel zunächst: *Die Viecher vom Dachboden*. Diese Viecher sind nicht nur die sonderbaren Haustiere, die die Protagonistin ansammelt und als legitimere Begleitung empfindet als ihre Familie im »Haus der

* So zitiert Liliana Viola, Venturinis Nachlassverwalterin, in ihrer jüngst erschienenen Biografie *Esta no soy yo* (Tusquets 2023, S. 37).

Menschen«, sondern auch ihr Bruder und sie selbst: Chela, die »Verrückte mit den Knochen«, in räumlicher und emotionaler Ferne zu ihrer Familie hausendes, außerordentlich belesenes und existentiell vor sich hin philosophierendes Viech.

In ihren letzten Lebensjahren hat Aurora Venturini Dutzende Interviews gegeben. Sie hat dabei vielfach verlauten lassen, sie habe in ihrer Prosa immer nur über eines geschrieben – ihre eigene, monströse Familie. In der Tat lesen sich die Geschichten der jungen Malerin Yuna Riglos in *Die Cousinen* und die der jungen Schriftstellerin Chela Stradolini in *Wir, die Familie Caserta* wie Spiegelbilder: Sie haben vieles gemeinsam und sind in wesentlichen Punkten konträr. Beide sind hochbegabte junge Mädchen, die kraft ihrer Kunst die beklemmende Atmosphäre eines lieblosen Elternhauses verlassen können. Beide haben ein beeinträchtigtes jüngeres Geschwisterkind, wobei Yuna sich vor ihrer Schwester ekelt, während Chela sich hingebungsvoll um ihren Bruder kümmert. Beide arbeiten sich an einer Mutter ab, die ihnen die Liebe verwehrt und die jüngere Schwester bevorzugt und beide trauern um einen abwesenden Vater. Beide sind unverschämt, radikal und atemberaubend ehrlich bis zur Grausamkeit. Und sie sehen sich sogar ähnlich – von Yuna heißt es, sie ähnele Modiglianis »Frau mit schwarzer Krawatte«, über Chela erfahren wir, sie werde sicher einmal ebenso aussehen, wenn sie älter sei. Anders als Yuna sehen wir Chela erwachsen werden, begleiten sie auf eine fantastische Reise in europäische Metropolen und in die Arme ihrer Urgroßtante, einer sizilianischen Großgrundbesitzerin; exzentrische Einzelkämpferin wie Chela selbst.

Was diese beiden Figuren nun mit ihrer Autorin gemein haben, lässt sich nicht zweifelsfrei bestätigen. Aurora Venturini war eine große Fabuliererin, die offenbar viel Energie und Fantasie in das Weben ihrer eigenen legendären Persona gesteckt hat und sich dabei so sehr in Widersprüche verstrickte, dass sie am Ende ihres Lebens beklagte, als Lügnerin zu gelten.* Die wenigsten der schillernden Daten, die nach ihrem plötzlichen Ruhm über sie in argentinischen Medien veröffentlicht wurden, sind bestätigt, einige mittlerweile widerlegt. War sie eine »enge Freundin« von Evita Perón? Sicher ist, dass sie in einer Stiftung der weltberühmten Präsidentengattin gearbeitet hat und sie persönlich kannte. War sie mit de Beauvoir und Sartre bekannt? Wahrscheinlich allerhöchstens flüchtig, zumal sich Venturinis »Exil in Paris« entgegen kursierender Behauptungen wohl auf ein knappes Jahr zwischen 1956 und 1957 eingrenzen lässt. War Venturini verwandt mit Giuseppe Tomasi di Lampedusa, dem Autor des berühmten sizilianischen Familienromans *Il Gattopardo*, den sie in ihrer Widmung zu den *Caserta* als »Cousin« bezeichnet? Keinerlei Belege. Hatte sie selbst einen behinderten Bru-

* Es gibt bislang nur wenige fundierte Publikationen über Aurora Venturini, und alles lediglich in spanischer Sprache. Englische Untertitel hat der sehenswerte Dokumentarfilm *Beatriz Portinari: Un documental sobre Aurora Venturini* von 2013. Die hervorragende Langreportage von Leila Guerriero *Quién le teme a Aurora Venturini* (Wer hat Angst vor Aurora Venturini?) zeigt sehr gut auf, wie viele verschiedene Versionen über bestimmte biografische Daten Venturini in ihren letzten Lebensjahren in Interviews verbreitet hat. Erhellend sind auch die langen Interviews, die José Tcherkaski und María José Seoane in dem Band *Aurora Venturini. Una maldita* (2014) versammeln.

der namens Juan Sebastián, von dem sie immer wieder berichtete? Ihre jüngere Schwester dementiert, dass es diesen Bruder gegeben hat.

Dennoch dürfen wir annehmen, dass die Protagonistinnen von Venturinis meistbeachteten Werken nicht nur Schwestern im Geiste sind, sondern auch autobiografische Züge tragen, Chela vermutlich mehr als Yuna. Wie ihre Protagonistinnen ist Venturini in La Plata aufgewachsen, mit Chela verbindet sie sogar der Geburtstag, 20.12.1921. Wie Chela hat sie eine Weile in Paris gelebt und offenbar im Laufe ihres Lebens eine ganze Reihe untypischer Haustiere gehalten. Als Kind eine Eule wie Chela, später Spinnen mit mythologischen Namen. Belegt ist auch eine skandalöse Romanze mit einem älteren, verheirateten Herrn des öffentlichen Lebens, die Venturini und ihre Figur eint. Ebenso wie Chela hat Venturini eine vielfältige universitäre Ausbildung genossen: Sie hat Philosophie, Pädagogik und Psychologie studiert. Was die gesellschaftliche Herkunft und politische Haltung angeht, die sie Chela zuschreibt, scheint die Autorin wiederum eher eine Spiegelfigur ihrer selbst geschaffen zu haben: Venturinis Herkunft war mitnichten so großbürgerlich wie die Chelas, und mit dem platten Antiperonismus und Klassismus ihrer Protagonistin führt sie die Oligarchie vor der Machtübernahme Peróns 1946 vor. Aurora Venturini hat sich selbst stets als flammende Peronistin bezeichnet und war der Meinung, aufgrund ihrer politischen Haltung nicht von namhaften Verlagen publiziert worden zu sein.

Als Perón 1955 gestürzt wurde, trieb es Venturini ins Pariser Exil. Chela dagegen zieht es aus Überdruss und

Abenteuerlust bereits ein paar Jahre früher an die Seine, von den politischen Umwälzungen in ihrer Heimat erfährt sie aus der Zeitung und durch ihre europäischen Lebensgefährt:innen Jules und Angelina, die sich mehr für Weltpolitik interessieren als sie selbst. Sie geht zurück nach Argentinien, als Peróns Anhänger als Antwort auf den Putsch in Buenos Aires Kirchen in Brand setzen. Während Venturini in diesem Zusammenhang anekdotisch erzählt, was für eine wunderbare Erfindung der Molotow-Cocktail sei, ist Chela orientierungslos und wutentbrannt angesichts der gesellschaftlichen Umwälzungen, die die Enteignung ihrer Familie implizieren und von irritierend vielen Menschen in ihrem Umfeld befürwortet werden. Hier zeigt sich vielleicht die Verwandtschaft von Venturinis Chela mit Lampedusas Romanhelden, dem Grafen Salina, am deutlichsten: Die Oligarchie kann hier wie da nur noch untergehen – oder sich verstecken, wie Chela es am Ende des Romans in ihrer der Dekadenz anheimgefallenen Quinta tut.

Wenn auch *Wir, die Familie Caserta* syntaktisch weit konventioneller geschrieben ist als *Die Cousinen* und andere Werke der reifen Venturini, so ist der originelle Stil der Autorin auch in diesem frühen Roman bereits deutlich erkennbar. Venturini liebt Alliterationen, sonderbare Wörter und interessante bis irritierende Bilder und Vergleiche, sie verliert sich in einem mäandernden, elliptischen Rausch von bemerkenswerter Dichte, rasantem Zeitlauf und unverschämtem Inhalt, der die Leser:innen manches Mal stutzen lässt vor lauter esoterischem Protz und fabulösem Glanz – und doch ist ihre Erzählung so packend und sind die oft äußerst kurz auftretenden Figuren ebenso wie die vielfältigen Landstriche und Interieurs so lebendig gezeichnet, dass wir dem erstaunlichen Wunderkind Chela bereitwillig auf seine halluzinatorischen Trips und kulturgeschichtlichen Ausflüge folgen, so ausufernd und bisweilen unverständlich sie auch sein mögen.

Einige der wundersamsten Figuren und Namen in diesem Roman haben tatsächlich historische Vorbilder: Cristofredo Jakob zum Beispiel war ein von Venturini verehrter Neurobiologe, bei dem sie studiert hat. Allerdings darf man sich von gewissen historischen Daten nicht täuschen lassen, denn andere klingen umso glaubwürdiger, sind aber nicht belegt, und der Spaß scheint im Werk wie in der Erzählung des eigenen Lebens genau in jener Melange aus Historie und Fiktion zu liegen.

Melangiert und übersetzerisch außerordentlich herausfordernd ist auch Venturinis unkonventioneller und aus heutiger Perspektive beinahe unverschämter Umgang mit Fremdtext. Chela zitiert kanonische Schwergewichte wie Proust, Rilke, Lautréamont und, ganz besonders und immer wieder, Rimbaud – häufig aus dem Gedächtnis und so frei, wie es ihr für die eigene Erzählung zupasskommt. Versprosa von Rimbaud sowie Prosa von Lautréamont und Proust ordnet sie in Versen an und verändert häufig nicht nur die Zeichensetzung der Vorlagen, sondern auch grammatische Bezüge, Personen und Tempi. Einzelne Wörter oder ganze Verse werden ausgetauscht, ausgelassen oder neu angeordnet. So werden etwa aus einem Park ein Friedhof (S. 87) und aus einem verlorenen Subjekt zwei verlorene Objekte (S. 69). Manchmal erwähnt die Ich-Erzählerin Abweichungen von der Vorlage, wenn sie etwa berichtet, sie rezitiere »einige Verse von Maldoror ... gespickt mit einigen meiner eigenen Ernte, die sie verständlicher und furchterregender machten« (S. 79–80); dann wieder kennzeichnet sie den zitierten Fremdtext nicht einmal, wenn sie z.B. Pablo Neruda einen sehr langen Monolog in den Mund legt, der in Wahrheit ein frühes Prosagedicht des späteren Nobelpreisträgers ist (S. 129–131). Manchmal zitiert Chela und fährt nach kurzer Unterbrechung im selben Stil und mit gleicher formaler Hervorhebung fort, als zitiere sie noch weiter, dabei schreibt sie längst wieder ihren eigenen Text (S. 53, 81). Gerne referiert Venturini auch auf berühmte Gemälde und verändert deren Titel, lässt etwa den Heiligen Hieronymus aus der *Zelle* schreiben statt aus dem *Gehäuse*. Einige Textpassagen und Kapitelüberschriften klingen wie Zitate, die Titel *Chile, wie es lacht* oder *Wieder und wieder zurückkehren* etwa oder auch der angebliche Liedtext, der von der »einzigen und wahren Liebe« erzählt. Ich kann mich nur auf die Gründlichkeit meiner Recherche berufen, wenn ich behaupte, sie seien keine.

Als Venturini *Wir, die Familie Caserta* verfasst hat, konnte sie davon ausgehen, dass ein Großteil ihres Zielpublikums sowohl die zahlreichen Zitate als auch ihre Abänderungen ohne Hinweis würde erkennen können, da es ebenso belesen war wie sie selbst und genauso wie Chela seinen Rimbaud stets zur Hand oder sowieso im Kopf hatte. Die argentinische Intelligenzia jedenfalls hat sich seit jeher stark an der literarischen Produktion in Frankreich orientiert. Zur Übersetzung musste ich die vielen Zitate und Abwandlungen erst aufspüren und meist dreisprachig überprüfen, um Venturinis Pastiche-Arbeit nachzuvollziehen und möglichst adäquat wiederzugeben. Venturini hat die französischen Autoren selbst ins Spanische übersetzt. Ich zitiere, wo immer möglich, etablierte Übersetzungen der französischen Klassiker, um die Wiedererkennungsmöglichkeiten auch im deutschen Text zu erhalten. In der Lektüre ist es allemal eine reizvolle Täuschung, wie »gut« die Zitate in Venturinis Text passen, wenn die Autorin sie doch tatsächlich derart passend *gemacht hat*. Autorin und Figur gleichermaßen treten hier in einen lebendigen Dialog mit Autoren und Texten der Weltliteratur, die ihnen etwas bedeuteten. Sie erweisen ihren Meistern die Ehre und offenbaren die beeindruckende Weite ihrer eigenen Lektüreerfahrungen. Zum Thema geistiges Eigentum teilte Venturini vermutlich die Meinung des Antiquars, den sie sagen lässt: »Ihre Gedanken sind meine Gedanken, es gibt kein fremdes Gedankengut.«

Apropos Gedankengut. *Wir, die Familie Caserta* enthält, mehr noch als *Die Cousinen*, rassistische und ableistische Sprache. Als Übersetzerin glaube ich an die Macht der Worte, die Relevanz von Sprachwandel und -reflexion und die Pflicht zum verantwortungsbewussten Umgang mit diesem unbequemen Komplex und möchte keine verletzenden, menschengruppenverachtenden Ausdrücke reproduzieren. Dieses Buch allerdings wurde in den 1960er Jahren geschrieben und spielt im zweiten Viertel des 20. Jahrhunderts, als der Diskurs und das Sprachbewusstsein überall auf der Welt an einem ganz anderen Punkt waren als heute. Chela wächst in einer rassistischen und behindertenfeindlichen Gesellschaft auf. Sie selbst erfährt massive Ablehnung, weil sie »anders« ist – »queer«, kann man mit heutigem Sprachinstrumentarium deuten –, und sie bedient sich derselben wertenden und kategorisierenden Ausdrücke wie ihre Umwelt. Sie ist außerdem eine Figur, die zu Radikalität neigt und die Provokation liebt. Ihr schwarzes Kindermädchen Sara benennt Chela nahezu obsessiv mit rassistischen Begriffen und reproduziert damit prototypisch die enge Verquickung von Rassismus und Klassismus in der argentinischen Gesellschaft ihrer Zeit. Die penetrante rassistische Benennung der Figur Sara habe ich in der Übersetzung leicht gedimmt und teils durch allgemeinere beleidigende Ausdrücke ersetzt, jedoch nicht komplett unterschlagen, weil es mir werkverfälschend und anachronistisch erschienen wäre.

Aurora Venturini war Auge und Stimme des Anderen. Ihre Figuren sind nonkonforme Außenseiterinnen, schroffe Sonderlinge und radikale Randaliererinnen. Sie zeigt Frauen außerhalb der Komfortzone des Betrachters. Im Gegensatz zu den düsteren Stimmen der Moderne, die Chelas Lektüre formen – *Die Blumen des Bösen*, *Ein Aufenthalt in der Hölle*, die sadistischen *Gesänge des Maldoror* – bleibt Venturinis eigene Erzählstimme bei aller Härte ihrer Themen immer durchzogen von Witz und ironischer Leichtigkeit. Die Wucht dieser originären Stimme und die Perspektive wütender Mädchenfiguren, die wie ihre Autorin kein Blatt vor den Mund nehmen, sind nur zwei Gründe, die Venturinis Werk den Weg in den weltliterarischen Kanon des 21. Jahrhunderts bereiten.

Quellenbelege

Wo in der chronologisch nach Auftauchen im Text geordneten Belegliste keine zitierte Übersetzung angegeben ist, wurde die Übersetzung von Johanna Schwering besorgt. Die Rimbaud-Zitate finden sich, bis auf eine angegebene Ausnahme, in *Sämtliche Dichtungen*, dtv 1997/2021. Inhaltliche Abwandlungen von den Vorlagen werden im Folgenden kommentiert.

S. 7: *Ora che tu hai ucciso …* Zeilen aus dem sizilianischen Volkslied »Fuoco di Paglia«. Der Ausruf »Amore!« am Ende ist nicht Teil des Texts, sondern scheint Venturinis Kommentar dazu zu sein.

S. 7: *… und mich dünkt beinahe …* Aus: Umberto Eco, *Der Name der Rose.* Aus dem Italienischen von Burkhart Kroeber. dtv 1982/2019, S. 759.

S. 7: *Pictoribus atque poetis …* Aus: Horaz, *Ars poetica. Die Dichtkunst.* Übersetzt von Eckart Schäfer. Reclam 1984, S. 4/5.

S. 52: *So trägt jeder tief in sich selbst …* Aus: Romain Rolland, *Johann Christof. Erster Band.* Übersetzt von Erna Grautoff, unter Mitwirkung von Otto Grautoff. Rütten & Loening 1971, S. 392.

S. 53: *Leben ist nur ein Teil … Wovon?* Aus Rainer Maria Rilke: »Requiem«. In: *Das Buch der Bilder.* Insel Verlag 2000, S. 111 f.

S. 58: *Kommt mit mir in den Garten …* Aus: Marcel Proust, »›Les Éblouissements‹ von der Gräfin von Noailles«. In: *Essays, Chroniken und andere Schriften.* Frankfurter Ausgabe. Werke I, Band 3. Herausgegeben von Luzius Keller. Aus dem Französischen von Henriette Beese, Luzius Keller und Helmut Scheffel. Suhrkamp 1992, S. 315.

S. 69: *Ich bin der Sklave meiner Taufe …* Collage aus zwei Gedichten aus Arthur Rimbaud, *Ein Aufenthalt in der Hölle.* Übersetzung von Thomas Eichhorn. dtv 1997/2021, S. 223 und 217.

S. 74: *Unvermutete und vollkommene Wesen …* Die Verse stammen aus drei verschiedenen Gedichten aus Arthur Rimbaud, *Leuchtende Bilder.* Übersetzung von Reinhard Kiefer und Ulrich Prill. dtv 1997/2021, S. 299, 285, 295.

S. 77: *Am Heck mein trübes Herz muss speien …* Aus: Arthur Rimbaud, *Gedichte 1869–1871.* Übersetzung von Eichhorn. dtv 1997/2021, S. 105. Venturini ersetzt das Wort »*caporal*« (Sp. wie Fr.; Dt. »Knaster«) durch »*basura*«, Müll.

S. 80: *O Lampe mit silbernem Bucchero …* Aus: Lautréamont, *Die Gesänge des Maldoror.* Aus dem Französischen von Ré Soupault. Rowohlt 2004, S. 84. Von Chela stammen sämtliche rassistischen Markierungen in diesem stark abgewandelten »Zitat«: der »Bucchero« (statt »*mechero*«; »Schnabel«), die »Schatten« (statt »Lüfte«) und die kompletten letzten drei Verse.

S. 80: *In der Hand hielt sie …* Aus: Lautréamont, ebenda, S. 71. Der Text ist originalgetreu zitiert, wobei das beschriebene Subjekt im Original männlich ist. Die letzten zwei Verse stammen von Venturini. Der formal als Zitat dargestellte Passus »*Zwischen den Gitterstäben …*« (S. 81) scheint ebenfalls von Venturini zu sein.

S. 84: *ein so zarter Regen / es scheint kein Regen zu sein.* Zwei Verse aus dem Gedicht »Primera lluvia de otoño« von Francisco López Merino, Dichter aus La Plata (1904–1928).

S. 87: *Man folgt der roten Straße …* Aus: Arthur Rimbaud, *Leuchtende Bilder,* dtv 1997/2021, S. 285. Der »Totenacker« stammt von Venturini, im Original und bei Kiefer/Prill steht ein »Park«.

S. 93: ›*Laokoon leidet wie des Sophokles Philoktet*‹. Aus: G. E. Lessing, *Laokoon*. Reclam 1964/2001, S. 7.

S. 95: *Wo er nur sein eigner Nachbar war …* Chela (vermutlich auch Venturini) meint, hier Lessing zu zitieren; im spanischen Original steht: »Ich las einige Verse des *Laokoon*.« Tatsächlich handelt es sich um eine Fußnote im *Laokoon* (Reclam 1964/2001, S. 33), in der Lessing einen Sophokles-Übersetzer ins Englische zitiert, die spanische Übersetzung des *Laokoon* überträgt das bei Lessing auf Englisch abgedruckte Zitat ins Spanische. Um in der deutschen Fassung nicht einen vermeintlichen Lessing auf Englisch wiederzugeben, zitiere ich die Sophokles-Übersetzung von Wolfgang Schadewaldt. Suhrkamp 1999/2006, S. 83. Sie unterscheidet sich im Text – ebenso wie die Übersetzung von Steinmann, Diogenes 2022 – allerdings deutlich sowohl von der englischen Übersetzung, die Lessing zitiert, als auch von der Spanischen, die Chela zitiert. In Venturinis Original wird zitiert: »Wehrlos dem Angriff / eines krassen Himmels ausgesetzt / steht er verlassen / jeder Hoffnung bar. / Kein einziger Freund, kein / Begleiter in der Not. / Niemand, der ihm stillt / den Schmerz und teilhat / an seinem Unglück.«

S. 103: *Magische Blumen brummten …* Aus: Arthur Rimbaud, *Leuchtende Bilder*. Ebenda, S. 285.

S. 110: *Fern den Vögeln …* Aus: Arthur Rimbaud, *Die späten Verse*. Übersetzt von Michael Donhauser. Urs Engeler Editor 1998, S 31.

S. 124: *Wenn man wahrlich liebt …* Zeilen aus dem seinerzeit berühmten Lied von Libertad Lamarque & Joselito *Cuando se quiere de veras*.

S. 125: *Nichts dauert, nicht einmal der Tod!* Aus: Marcel Proust, »Eine Großmutter«. In: *Essays, Chroniken und andere Schriften*. Frankfurter Ausgabe. Werke I, Band 3. Herausgegeben von Luzius Keller. Aus dem Französischen von Henriette Beese, Luzius Keller und Helmut Scheffel. Suhrkamp 1992, S. 337.

S. 127: *In dir, Diego de Almagro …* Alfonso Gómez Líbano war ein chilenischer Dichter, die hier zitierten Verse finden sich in seinem Band *Enemiga del sol* von 1960.

S. 129 und 131: *Dort bellen die Hunde … die Nacht, die sich von den Bergen bei Temuco herabsenkt*. Venturini zitiert hier das gesamte Prosagedicht »Soledad de los pueblos« (»Einsamkeit der Dörfer«) aus Pablo Nerudas Band *Anillos* von 1926.

S. 140: *Ein Strahl vom Himmel …* Aus: Arthur Rimbaud, *Leuchtende Bilder*. dtv 1997/2021, S. 325.

S. 141: *Ich beneidete die Tiere um ihre Glückseligkeit …* Aus: Arthur Rimbaud, *Ein Aufenthalt in der Hölle.* Ebenda, S. 243. Venturini macht aus Rimbauds »Schlaf der Jungfräulichkeit« den »Schlaf der Ewigkeit«.

S. 171: *Vielleicht tust du gut daran …* Rimbaud in einem Brief an Ernest Delahaye, Juni 1872.

Inhalt